쓰지 않으면
인생은 바뀌지 않는다

쓰지 않으면 인생은 바뀌지 않는다

발　행 | 2024년 09월 19일
저　자 | 정희정 외
펴낸이 | 정희정
펴낸곳 | 최고북스
일러스트 | 조이풀디자인
출판사등록 | 2023.10.26.(제 409-2023-000087호)
주　소 | 경기도 김포시 솔터로 22 메트로타워예미지 301동 115호
전　화 | 010-6408-9893
이메일 | jhj01306@naver.com

ISBN | 979-11-986495-7-7

쓰지 않으면
인생은 바뀌지 않는다

김현정
노은심
김누리
김희정
문현주
정희정
송나영

삶이라는 여정에 씨앗을 심는
글쓰기

2023년은 나의 직업이 다채롭게 바뀌던 시기였다. 간호사로 일하고 주말에는 성교육 강의를 다니는 동시에 부동산을 찾아다니기도 했다. 23년 여름의 땡볕 아래, 쉬는 날이면 부동산을 찾아다니며 책방 열 장소를 물색하고는 했다. 23년 8월 어엿한 책방지기, 책방 주인이 되었다. 책방을 열기 전 책방에 관한 책도 많이 읽었다. 잘 되는 책방도 문 닫은 책방 이야기도 있었다.

그중에 유독 기억나는 책이 있다. 경기도 파주에서 책방 겸 출판사를 운영하는 쑬딴 작가님의 <돈 걱정

없이 책방으로 먹고사는 법>은 내 인생에 또 다른 가능성을 심어주었다. 나의 작게 일군 씨앗들이 또 다른 가능성의 씨앗을 틔우기 시작했다. 책방에서 글쓰기 강의하고, 책을 함께 읽으며 울고 웃었던 시간이 있었다. 책을 보니 글을 쓰고 싶어졌던 나처럼, 분명 구래동 이곳에도 나와 같은 사람이 있을 거라 생각했다. 그렇게 나는 책방에서 사람들을 만났다. 김포에 많은 작가를 양성하기로 한 나와의 약속을 올 한해 꼭 지키고 싶었다.

다양한 상황에 놓인 사람들을 만나 그들의 이야기를 들었다. 나 혼자만 알기에 아까운 이야기가 글로 풀어져 나오는 걸 지켜보았다.

글을 쓰고 싶었으나, 일하느라 제대로 나를 돌아볼 시간조차 없었던 이들의 이야기가 담겨있었다. 소중한 아이들이 태어나고 엄마라는 이름으로 품을 내어주고 아낌없이 정성을 다한 그들의 이야기도 엿볼 수 있었다. 점점 희미해져 가는 나만의 꿈을 다시금 찾아보고자 용기를 낸 그들의 이야기도 들을 수 있었다.

어쩌면 이들에게 필요한 건 글쓰기에 관한 약간의 조언과 칭찬과 격려, 응원이 아니었을까 생각한다. 첫

삽을 푸듯이, 첫 글을 파기 시작했더니 내 안의 소리가 글이라는 과정을 통해 꼬리에 꼬리를 물고 엮어진다.

어느 날은 키보드에 손가락이 기약 없이 멈추어있을 때도 있고, 지금처럼 약간은 시끄러운 백색소음 속에서 커피 한잔을 앞에 두고 키보드를 두드릴 때도 있다. 함께 글쓰기를 통해 알 수 있는 건 '나만' 힘든 과정을 겪었다고 생각했지만, 각자의 인생을 들여다보면 누구나 크고 작은 세상의 풍파와 맞서 싸워오고 있음을 깨닫게 된다는 것이다.

그리고 어쩌면, 지금 시작하는 글이 끝이 아니라 앞으로의 긴긴 인생에 탁 던져지는 조약돌처럼 삶의 잔잔한 글 인생을 만들어주리라는 것을 누구보다 잘 안다. 내가 지금 밟고 있는 이 자리가 누군가에게 길이 되어 줄 수 있다. 글도 마찬가지다. 지금, 이 순간 내가 느끼고 있는 감정과 느낌을 글로 적어갈 때 비슷한 상황에 놓인 또 다른 이들에게 글이 빛이 되어 줄 것이다.

이 책은 다양한 삶을 살아가고 있는 그분들의 이야기를 엮어 만들었다. 반짝이는 작가들의 속 이야기를 들으며 가치가 더욱 빛날 수 있도록 성장을 응원하고 이렇게 책으로 펴낼 수 있게 되었다. 삶에 응어리진

이야기를 글로 풀어내면서 나를 객관적으로 들여다보는 힘이 생긴다. 우리는 글을 못 쓰는 게 아니다. 처음이 두려워, 다른 이들의 시선이 두려워 멈칫할 뿐이다.

지금 이 순간에도 누군가는 책을 읽고 누군가는 책을 쓸 것이다. 우리는 모두 자신만의 인생에서 사람들에게 도움이 되는 나만의 깨달음, 노하우, 지혜가 담겨있다.

<쓰지 않으면 인생은 바뀌지 않는다> 의 제목처럼 나만의 글을 쓰기 시작할 때 아주 작은 가능성이라는 씨앗이 심어진다.

내 안의 가능성을 함부로 단정하지 말자. 우리는 모두 나만의 진주알처럼 가치 있는 보석 같은 이야기들이 숨겨져 있다. 이 책의 작가님들처럼, 기회라는 창을 두드리고 나만의 글쓰기를 시작해보자.

정희정

‖ 차례 ‖

김희정

문현주

1
김현정

저는 이야기를 좋아합니다.
그리고 그 즐거움을 많은 사람들과 함께하며,
삶을 즐기기 바라는 마음으로 글을 전합니다.
지금부터 저의 삶에 담겨있는 여러 가지 이야기들을 들려드
릴게요.

브런치스토리 brunch.co.kr/@hjbluemoon
블로그 https://blog.naver.com/khjlovehm

나는 그림책으로 해방 중입니다

나는 그림책을 좋아한다. 어려운 단어나 긴 설명 없이, 그림과 간단한 문장만으로 표현되는 단순함이 좋다. 그리고 그 단순함으로 펼칠 수 있는 상상의 공간이 내게 큰 매력으로 다가온다. 예쁘다. 주인공처럼 해보고 싶다. 따뜻하다. 이 문장들은 내가 성인이 되고 나서 그림책을 처음 접했을 때 느낀 감정이었다. 일상의 답답함을 느끼고 있던 그때 우연히 눈에 들어온 그림책이 있었다. 존 패트릭 루이스 글, 로베르토 인노첸티 그림의 <마지막 휴양지>였다.

'마지막 휴양지'란 '잃어버린 마음이여, 쉬어라.'
와 같다.

존 패트릭 루이스 글, 로베르토 인노첸티 그림,
<마지막 휴양지>

나는 이 문구와 함께 그림책을 통한 일상의 해방을
시작했다.

보통의 주말이었다. 친구와의 약속 시간이 남아 서
점에서 책을 뒤적이고 있었다. 독서가 취미는 아니지
만, 책들 속에 있으면 묘한 충족감이 들었다. 내게 서
점은 시간을 보내기에 최적의 장소였다. 이곳저곳을
돌아보며 마음에 드는 책을 찾았다. 하지만 그날따라
책들의 빡빡한 글자들이 나를 피곤하게 했다. 그러다
문득 그림책이 진열된 곳으로 발걸음을 돌렸는데 그
중 한 권이 눈에 들어왔다. <마지막 휴양지>였다. 그
렇게 나는 부모들과 함께 온 아이들 틈에서 그림책을
읽기 시작했다. 책이 두껍지 않아서 읽는 데 오래 걸
리지 않았지만, 여운은 오래 남았다. 왜일까? 내가
일상에 답답함을 느끼고 있었구나. 쉬고 싶고, 어딘가
로 떠나고 싶은 마음을 가지고 있었구나. 그리고 이
그림책을 읽고 대리만족을 느꼈구나. 나도 주인공처
럼 해보고 싶다.

친구여. 추억은 낡은, 모자일 뿐이란다. 그러나 상상력은 새 신발이지. 새 신발을 잃어버렸다면 가서 찾아보는 수밖에 달리 무슨 수가 있을까?

존 패트릭 루이스 글, 로베르토 인노첸티 그림, <마지막 휴양지>

그림책에는 아이, 어른을 위한 구분은 없다. 하지만 나는 그림책은 아이들이 읽는 책이라 생각했다. 아이를 키우는 집에서 흔히 볼 수 있는 책이라는 생각에 선뜻 다가가지 못했다. 무엇 때문인지 그림책을 읽고 있으면 창피하지 않을까? 하는 생각도 들었다.

아이들 틈에서 <마지막 휴양지>를 읽고 있던 나는 조금도 부끄럽지 않았다. 오히려 어른들을 위한 동화책을 읽는 것처럼 감정에 더 집중할 수 있었다. 책의 그림에서처럼 주인공이 차를 타고 떠날 때 내 마음도 떠나고 있었다. 낯선 곳에 도착했을 때는 내가 그곳에 도착한 것 같은 마음이 들었다. 그리고 주인공이 잃어버린 무언가를 찾아 떠나는 여행은 마치 내가 일상에서 놓치고 있는 무언가를 떠올리게 했다. 책이 담고 있는 그림과 간결한 문장들이 내가 공감하기 더욱 쉽게 만들어주었다. 그림책은 교훈적이고 너무 단순해서 아이들을 위한 책이라는 편견이 깨지는 순간이었다. 어른이 된 나에게도 단순함은 늘 필요했다. 그 단순함을 통해 상상하는 것 자체만으로 현실에 해방감을 느끼게 해주었다. 그림책이 보여주는 그림과 글의 즐거움은 모두를 위한 것이었나 보다.

"이 책 어때?"
"그림책이야? 왜 이렇게 예뻐?"
"그렇지? 나도 너무 예뻐서 한눈에 반해 샀어."

내가 이 그림책을 만난 건 추운 겨울이었다. 얼마 전부터 다니게 된 책방에서 이 그림책을 보고 망설임 없이 사게 됐다. 하지만 집에 빨리 가져가 자랑하고 싶은 마음과는 다르게 바로 책을 가지고 올 수 없었다. 흠집 하나 없는 새 책을 받고 싶은 나의 욕심이었다. 책방지기는 새 책이 곧 올 거라며 다음 주에 주겠다고 했다. 새 책을 받는 일에 기다림이 생겼다. 그때는 금방 다시 받을 수 있을 거라 생각했다. 기다림이 생각보다 길어질 수도 있다는 것을 모른 채 말이다.

그림책을 아직 받지 못한 어느 날이었다. 겨울비가 오기 시작했다. 우산을 쓰고 길을 걷던 나는 추운 날 내리는 비로 연신 입김이 나왔다. 손은 빨개져 있었다. 왜인지 그 그림책이 더욱 생각났다. 책에서 그려지는 비는 참 따뜻해 보였다. 겨울에 여름비를 생각하다니, 피식 웃음이 났다. 그렇게 한 주가 지나고 2주가 지난 어느 날 책방에서 그림책을 받았다. 나는 남편에게 제일 먼저 보여주었다. 이 책이 어떠냐는 나의 물음에 남편은 같은 마음으로 대답해주었다. 예쁘다고. 역시 사람 보는 눈은 다 비슷한가 보다. 이 그림책의 제목은 아이보리얀 신경아 작가의 <여름비>다.

투둑투둑 비 온다.!
아이보리얀 신경아, <여름비>

나는 비와 눈이 내리는 날을 좋아한다. 나름의 로망도 가지고 있었다. 비 오는 날 노란 장화를 신거나 노란 우산 쓰기. 한겨울 눈 오는 날에는 빨간색 목도리 두르기. 그리고 비나 눈이 오는 날 카페에 앉아 차 마시기 같은 사소한 로망들 말이다. 하지만 언제부터인지 모르게 마냥 좋아할 수만은 없었다. 비가 오거나 눈이 오는 날은 출근길의 불편함을 생각하게 되었다. 배달이 잘 안 되는 아쉬움도 있었다. 나이가 들어 감성이 무뎌진 것이라고 하기에는 나는 여전히 비나 눈이 오는 날 감성에 젖는 것을 좋아한다. 그냥 마음을 온전히 누리기에는 불편함이 싫어지고 걱정이 많아진 탓인가 보다. 그래서 이 그림책이 더욱 끌렸는지도 모르겠다. 그림책에서 보이는 여름은 참 풋풋하다. 한때는 나도 설레는 시선으로 바라보았을 비 내리는 풍경을 아름답게 그려낸 그림. 그리고 그림책

안에서만큼은 아무런 걱정 없이 온전히 비 오는 감성을 누릴 수 있다는 즐거움. <여름비>가 나에게 주는 위안이었다.

단풍나무집은 누구나 주인이 될 수 있다.
임정은 글, 문종훈 그림, <모두를 위한 단풍나무집>

<모두를 위한 단풍나무집>이라는 그림책 속의 그림은 나에게 익숙함을 담고 있다. 이 그림책은 그림을 먼저 보고 호기심으로 글을 읽게 된 경우이다. 처음 <모두를 위한 단풍나무집>의 빨간 벽돌집 그림을 본 순간 나는 고향 집을 떠올렸다. 고향 집이 있던 동네도 떠올랐다. 지금은 이웃 사람들이 바뀌고 재건축을 통해 많이 달라져서 늘 아쉬웠던 내 고향 집, 내 동네. 변해버린 모습을 아쉬워하며 옛날의 모습을 그리워하던 나에게는 추억의 모습 같았다. 그래서 이 그림책을 읽기 시작했다. 그림책의 내용은 고향 집을 떠올린 나의 감상과는 조금 달랐다. 하지만 내 마음이 가는 대로 그림책을 느끼는 것도 충분히 좋았다. 나름 제목도 달리 붙여보았다. 나를 위한 빨간 벽돌집이라고.

어릴 적 여러 번의 이사를 거쳐 쭉 살게 된 곳은

주택가였다. 시골은 아니지만 작은 뒷산과 공원을 가지고 있었다. 당시의 유행처럼 빨간 벽돌집들이 많이 모여 있는 동네였다. 그리고 집집이 경쟁하듯 나무와 꽃들이 심겨 있었다. 그중 우리 집은 이 층의 빨간 벽돌집이었다. 더는 이사를 하지 않아도 되고 어린 나에게 무척이나 커 보였던 집. 집안에서 마음껏 뛰어놀아도 되는 집. 사계절을 가까이서 느낄 수 있는 그 집을 나는 좋아했다. 동네에는 내 또래들이 많아서 아이들이 뛰어노는 소리에 늘 왁자지껄했다. 사람들이 함께 사는 곳이었다.

그 고향 집은 어른이 된 나에게도 늘 바람이 되었다. 여러 가지 이유로 아파트에 사는 나는 빨간 벽돌집 같은 나만의 주택이 언제나 그립다. 그런 집을 갖고 싶다는 마음 때문일까. 잘 지어진 주택이나 주택 사진을 보면 그냥 지나칠 수가 없다. 가끔은 집을 보기 위해 멀리 다른 지역으로 동네 구경하러 가기도 한다. 다른 사람들의 집을 보며 부럽다는 마음과 나도 언젠가는 살게 될 거라는 희망을 품어본다. 그런 의미에서 <모두를 위한 단풍나무집>이라는 그림책 속의 빨간 벽돌집은 나에게 추억이자 꿈이 되어준다.

나는 그림책을 좋아한다. 누구나 공감할 수 있도록 감성을 표현해주는 그림과 글들로 가득한 그림책을 나는 좋아한다. 그림책을 보고 있으면 마음과 생각이 비워지기도 하고 깊이가 더해지기도 한다. 내가 느끼고자 하는 마음을 대신 표현해 줄 때는 위안을 받는다. 내가 놓치고 있던 생각을 꺼내어 줄 때는 새로운 세계로 나를 이끈다. 그림책은 나에게 공감과 상상을 통한 마음의 위안이자 따뜻함이다. 그리고 무엇인가가 나에게 주는 감정을 현실에 방해받지 않고 온전히 누릴 수 있는 자유로움을 선사한다. 내 감정의 해방이다. 당신에게 감정의 해방은 무엇일까? 당신은 그림책을 보며 무엇을 느낄까? 내가 그림책으로 느끼는 마음의 자유로움을 당신도 느낄 수 있었으면 좋겠다.

오늘도 걸어가는 중입니다

뚜벅뚜벅. 터벅터벅. 저벅저벅. 어슬렁어슬렁. 총총.
사박사박. 참방참방.

걷는 일은 늘 마음을 대변한다. 그날 마음과 기분
에 따라 걷는 소리가 달라진다. 그리고 계절과 내가
가고자 하는 목적지에 따라 변화한다. 마치 인생처럼
말이다. 오늘도 나는 걸어가는 중이다. 언제나 그랬듯
늘 걷는 중이다.

나는 어릴 적부터 돌아다니는 일을 좋아했다. 모험
심과 호기심이 많아서였다. 가까운 거리는 걸어서, 조
금 먼 거리는 자전거를 타고 다녔다. 그러다 보니 자
연스럽게 산책을 즐기게 되었다. 귀에 이어폰을 끼고

음악을 들으며 길을 걷는 일. 나의 낭만이자 즐거움이다. 복잡한 생각은 발걸음에 맞춰 하나둘 사라져간다. 온종일 날 괴롭히던 스트레스는 음악과 주변의 풍경에 풀어져 간다.

하지만 나의 낭만을 방해하는 날들은 많다. 겨울은 산책의 즐거움을 느끼기에는 힘든 계절이다. 차가운 바람에 몸은 움츠러들고 걸음은 빨라진다. 따뜻한 곳으로 빨리 들어가고 싶은 마음에 낭만을 찾을 수도 없다. 겨울 뿐만이 아니다. 더운 여름에는 뜨거운 햇빛을 피해 그늘을 찾기 바쁘다. 미세먼지가 심한 날도 탁한 공기가 싫어 외출을 주저하게 된다.

그런데도 산책을 포기할 수 없는 이유가 있다. 겨울에 눈이 오는 날이면 강아지도 아닌데 밖에 나가 걷고 싶은 마음이 든다. 아무도 밟지 않은 곳의 눈을 밟으며 보드득 소리를 듣고 싶다. 여름의 비가 오는 날은 장화를 신고 참방참방 마음껏 걷고 싶다. 그리고 여름날 저녁부터 불어오는 선선한 바람은 밤 산책을 즐기게 한다. 왜인지 이런 날들의 산책은 계절을 잘 맞이하고 있는 것 같은 마음이 든다.

나와 남편은 비슷한 취미가 많지 않다. 하지만 서로 같이 나가 산책하면서 이곳저곳을 구경하는 것은 좋아한다. 날이 좋아서 또는 밖에서 맛있는 것을 먹고 싶다는 이유로 집을 나설 때도 많지만 주로 바람이나 쐬자며 산책을 시작한다.

우리가 지금 사는 동네에 처음 이사 왔을 때였다. 낯선 곳에 적응하기 위해 매주 시간이 날 때마다 동네 구경을 했다. 마트와 은행은 어디에 있는지. 맛집은 어느 곳인지. 소풍 때 즐기던 보물찾기를 하는 것처럼 부지런히 걸어 다녔다. 새로운 곳이 하나둘씩 생겨나고 우리가 찾는 곳이 늘어날수록 산책의 즐거움도 커졌다. 오늘은 이쪽으로 가보겠냐며 낯선 길을 걸어갈 때 우리는 마치 모험을 떠난 사람들 같았다. 일상의 단조로움을 우리만의 방식으로 풀어내는 시간이었다.

어느 정도 시간이 지나자 산책이 조금씩 지루해지기 시작했다. 익숙해진 동네의 풍경들이 더 이상 설렘을 주지 않았다. 나무가 많이 있는 산책로가 없는 것이 아쉬웠다. 조금씩 동네로의 외출이 줄어들었다. 대신 우리에게 동네 산책의 의미가 달라졌다. 익숙함이 주는 안정감 때문인지 발걸음이 여유로워졌다. 새로운 곳을 보는 궁금증보다 여전히 그곳이 잘 있는지에 대한 안부가 궁금했다. 부지런히 움직이던 시선은 거리의 사람들과 그날의 풍경을 천천히 담기 시작했고, 우리는 다른 것보다 서로의 대화에 더욱 집중했다. 동네 산책이 일상의 단조로움을 풀어내는 모험에서 일상을 즐기는 하나의 취미로 바뀐 것이다.

"오늘 치우기 귀찮은데 저녁 먹을 겸 나가서 산책이나 할까?"

"나야 좋지. 어디로 갈까? 새로 생긴 곳? 아니면 저번에 그곳?"

"옛날 생각난다. 예전에는 거의 아무것도 없었는데 어디를 갈지 고민하다니."

"처음보다 엄청 많이 변했지. 사람들도 많아지고. 그거 기억나? 식당이 별로 없어서 줄 서서 먹었던 거."

"아~ 거기! 식당뿐만이 아니지. 가까운데 커피숍 생겼다고 좋아했잖아."

"맞아. 그게 뭐라고 엄청 기뻐했지. 우리 그때 참 단순했다."

"그러게. 그나저나 오늘은 어디로 갈까?"

겨울은 집 밖을 나서기 두려운 계절이다. 내가 요즘 아침에 일어나서 제일 많이 하는 말은 '아 춥다. 이불 밖은 위험해'이다. 날씨가 추운 겨울은 밖에 나가는 일 자체가 귀찮아진다. 당연히 산책도 줄어든다. 산책은 사전적인 의미로 '휴식을 취하거나, 건강을 위해 천천히 걸어 다니는 일'을 말한다. 하지만 산책은 집 밖에서만 하는 게 아니다. 나는 산책이 공간에 구애받지 않는 어디서나 가능한 일이라 생각한다. 휴식이란 언제나 몸뿐만 아니라 마음에도 필요하다. 또한,

걷는다는 것은 야외에서만 해야 하는 일은 아니다. 걷기는 마음에서도 인생에서도 늘 하는 일이다.

그렇게 나는 계절을 핑계 삼아 집 안에서의 산책을 시작했다. 집안을 둘러보았다. 먼저 식물들이 자라고 있는 베란다로 나가 인사를 했다. 특별한 관리 없이도 잘 자라고 있는 아이들을 보니 뿌듯하다. 나는 사실 부지런하지 못하다. 식물을 키우고 있지만, 손이 많이 가는 아이들은 힘들다. 그래서 나의 게으름을 버티지 못하고 떠난 아이들도 많다. 지금 나와 함께 지내고 있는 아이들은 그런 나의 게으름에 익숙해졌거나 그걸 받아줄 만큼 무던한 아이들이다. 적당한 관심과 적당한 애정. 사람들과의 관계처럼 식물들과 나와의 관계의 거리이다.

처음에는 무한한 애정과 관심을 주었다. 잘 키워보자는 의욕이 가득하던 시기였다. 하지만 나의 앞선 의욕에 식물들도 말라가고 나도 점점 귀찮아지기 시작했다. 아이들의 성향도 잘 모른 채 애정만 가득 담아 준 물이 과했던 탓이다. 식물들은 나의 넘치는 애정에 힘들어하고 나는 그런 애정을 계속 쏟아부으려니 점점 지치고. 서로가 서로를 괴롭게 한 셈이다.

그래서 이번에는 원래의 나처럼 게으름을 피우기 시작했다. 결과는 같았다. 나의 무관심에 아이들이 지쳐간 것이다. 한번 무관심해지니 나의 게으름은 점점

심해졌고 식물들은 말라갔다. 결국, 나를 버티지 못하고 몇몇 아이들이 떠났다.

그렇게 찾은 식물들과 나의 거리가 지금이다. 이제는 식물들도 내가 그렇게 부지런한 주인이 아니라는 사실을 알아서 까다로운 관심을 요구하지 않는다. 나도 아이들의 모습만 보아도 언제 애정이 필요한지 알게 되었다. 그렇게 서로가 서로에게 잘 맞추어진 것이다. 적당한 관심과 적당한 애정을 갖는 지금의 이 거리가 우리에게는 편안함이다.

나는 베란다에서 들어와 다음으로 여러 물건이 널브러진 방으로 향했다. 얼마 전에 오래된 가구들을 정리하느라 꺼내놓은 옷과 책, 기타 잡동사니들이 바닥에 뒹굴고 있었다. 해야 할 일은 많지만 하기 귀찮아서 계속 발에 채게 둔 상태였다. 책상조차 정리가 안 돼 글을 쓰려면 바닥에 쪼그려 앉아 컴퓨터를 해야 하면서도 미루고 미뤄둔 일이었다. 언제 정리하지. 한숨이 나왔다. 이번에도 외면할까 싶었지만 더는 안 될 것 같아 방으로 들어갔다.

물건들을 정리하면서 느낀 거지만 안 쓰는 것들은 왜 이리 많은지 모르겠다. 언젠가는 쓰고 입겠지 하는 마음으로 방 한구석을 야금야금 차지한 물건들이 너무 많다. 그 언젠가가 오긴 하는 걸까. 하지만 막상 버리자니 아깝다는 마음이 든다. 손이 잘 안 가 쓰지도 않을 거면서 왜 결정을 못 하는 걸까.

쓸까, 안 쓸까. 버릴까, 내버려 둘까. 고민 중에 문득 이런 생각이 떠오른다. 물건이 아니라 내 마음부터 정리해야 할 것 같다. 안 쓰는 물건들은 나의 미련이다. 먼지만 쌓이게 두면서 무언가로 가득 채우고 싶어 모른 체하는 나의 쓸데없는 마음의 찌꺼기. 그렇다면 물건이든 마음이든 정리를 하고 비우자. 하나씩 정리하고 비우다 보면 깨끗해진 방안도, 내 마음에도 여유가 생길 것이다. 그 비워진 공간에 새로운 것들로 채울 수도 있다. 그 생각에 내 손이 빨라지기 시작했다. 본격적인 청소의 시작이며 건강해질 나의 마음을 위한 산책이다.

나는 산책을 하거나 어느 곳을 향해 갈 때 마음과 기분이 그날의 걸음이 된다. 아무 생각 없이 시간에 쫓길 때는 무뚝뚝한 걸음으로 길을 걷는다. 즐거운 일을 맞이하러 가는 발걸음은 신나고, 배부름에 여유로운 나는 느긋해진 걸음으로 주변을 돌아본다. 물론 이건 나뿐만은 아니다. 우리 모두 목적지와 기분에 따라 걸음의 무게가 다르고, 각자 마음의 무게를 달고 길을 걷고 있을 것이다.

우리는 늘 걸어가는 중이다. 길을 걷기도 하고 삶을 걷기도 한다. 마음에 따라 걸음걸이가 달라진다면 나는 지금 어떤 걸음을 걷고 있을까. 내가 좋아하는 시가 생각난다. 윤동주의 <길>과 <새로운 길>이다.
오늘도 열심히 걸어가는 당신이라면 한 번쯤은 이 시
를 읽고 나의 걸음을 떠올려보면 좋겠다.

당신의 끄적거림은 낙서가 아니다

영감이 떠오르지 않는다. 영감이. 오늘은 정말이지 글쓰기 귀찮다. 글쓰기는 영감을 기다리는 것이 아니라 습관을 들여야 한다는 걸 알고 있다. 하지만 오늘처럼 이런저런 핑계를 댈 만큼 귀찮은 날도 있다.

이런 날은 스트레스만 받는다. 잠시 머리를 식히고 자리에 앉아야겠다. 일단 차라도 마셔볼까? 차를 마시는 동안 음악도 한번 틀어봐야지. 쉬는 김에 인터넷으로 다른 것도 검색해보자. 밥 먹을 시간이다. 우선 밥부터 먹자. 시간이 꽤 지났네? 하지만 아직도 어떤 글을 써야 할지 정리가 되지 않으니 조금 더 있다가 써보자.

아…. 망했다. 나는 결국 오늘 한 줄도 끄적거리지

못했다. 역시 글쓰기는 습관이다!

글을 쓰다 보면 술술 써지는 날이 있지만, 잘 안 써지는 날도 있다. 그럴 때면 조금의 환기가 필요하다. 하지만 우리는 대부분 이런저런 핑계를 대며 글쓰기를 미룬다. 역시 게으른 탓이다. 글을 꾸준히 써봐야 언제 잘 써지고 잘 안 써지는지 알 수 있지 않을까?

나는 글쓰기를 언젠가는 꼭 한번 해보고 싶었다. 하지만 어떻게 시작해야 할지 몰라 차일피일 미루어 두기만 했다. 바빠서도, 마음이 없어서도 아니었다. 그저 글쓰기를 실천할 용기를 내지 못했다.

무엇이든 시작이라도 해보겠다는 작은 다짐을 하기가 망설여졌다. 어느 날은 나에게 글쓰기라는 재능이 있을까? 하는 물음을 던져보기도 했다. 시작조차 안 해본 사람의 의미 없는 의구심이었다. 다들 뭐 그렇겠지 부끄러운 위로도 해보았다.

그러던 어느 날이었다. 평소 같았으면 지나쳤을 법한 사소한 발견이 나의 운명을 바꾸어 놓았다. 첫 번째는 동네에 새로 생긴 작은 책방이었고, 나머지 하나는 오래된 이메일이었다.

나는 볼일을 마치고 동네 한 바퀴 산책하며 걷던

중이었다. 텅텅 빈 가게들 사이로 책방이라는 작은 간판이 보였다. 내가 좋아하는 '그림책방'이었다. 신기하기도 하고 궁금하기도 해서 문 앞으로 다가가 서성거렸다. 하지만 들어갈 용기가 없어서 그날은 그렇게 집으로 돌아왔다.

며칠 후 나는 책방 근처에 볼일이 있어 그곳을 지나치게 되었다. 책방은 어떤 곳인지 문득 궁금해졌다. 몇 번의 망설임 끝에 용기 내 책방 문을 열고 들어갔다. 그렇게 책방과 나의 작은 인연이 시작되었다. 하지만 아직 글쓰기를 시작할 자신감과 용기는 나지 않았다.

오랜만에 이메일을 확인하기 위해 들어간 곳에서 학생 때 리포트로 제출한 자기소개서를 다시 보게 되었다. 정말 우연처럼 발견한 이메일에는 교수님의 답변이 달려있었다. 당시 나는 남들과는 다른 특별한 자기소개를 하고 싶었나 보다.

으레 적는 자기소개서의 판에 박힌 소개 말고, 나는 무엇을 좋아하고 하고 싶은 일이 무엇인지 등의 글로 자기소개서를 가득 채웠다. 그에 대한 답변은 이러했다.

'학생은 좋은 글을 쓰고 있습니다.'

왜 나는 이 말을 잊고 있었던 걸까? 비록 내가 글을 잘 쓴다는 말이 아닐지라도 나에게 용기를 주는 이 말을 기억하고 있었더라면 글쓰기가 더 쉬웠을까?

나는 그 뒤로 당시 동아리 활동이나 발표를 위해 끄적거렸던 글들을 찾아보았다. 물론 유치했다. 하지만 내 마음은 한결 가벼워졌다. 다른 사람을 위해서가 아니라, 나의 기록을 남기기 위해 글을 한번 써보자는 용기도 생겼다. 지금 내가 쓴 유치한 글들이 훗날 나에게 큰 즐거움과 삶의 용기로 남게 될 수 있을 것이다.

학창시절 내가 공책 모퉁이에 끄적거린 수많은 글귀가 생각난다.

떡볶이가 먹고 싶다.
언제 끝날까?
오늘 점심시간에 무엇을 할까?

당시 유행하던 노랫말이나 영화 대사도 공책 한쪽에 적혀있었다. 누군가는 참 쓸데없는 일이라고 할 수 있고 철없던 시절에 한 낙서라고 생각할 것이다. 나도 글쓰기를 시작하기 전까지는 그렇게 생각했다. 하지만 지금은 그때의 내가 나를 표현하기 위해 적었던 메모라는 생각이 든다.

내 마음의 키워드라고 해야 할까? 나에게 혹은 누군가에게 표현하고 싶었던 마음과 떠오르는 생각들. 그것을 간단하게 끄적거린 단어와 문장들. 그때의 나이기도 하다.

누구나 쉽게 공감할 수 있는 글쓰기를 하기 위해서는 솔직한 마음을 담은 문장들이 중요하다. 그리고 그런 문장들은 주로 나의 끄적거림에서 시작되었다. 학창시절에 그랬던 것처럼 말이다. 언젠가 내가 적었던 가사나 대사들이 영감이 되어 나만의 글을 표현할 수 있게 될지도 모른다. 내가 적었던 글귀들이 모여 나만의 멋진 글이 탄생할 수도 있다.

지금 내 마음의 키워드를 찾는 일. 그리고 그때의 내가 느낀 감정이나 생각을 단어나 글로 표현하는 것은 얼마나 멋진 일인가.

오늘 나는 어느 메모장에 숨어있는 내 마음의 키워드를 발견해볼까? 보물찾기처럼 말이다.

나는 평소 말을 많이 하는 편이 아니다. 오히려 듣고 있는 쪽이다. 가지고 있는 생각은 많지만, 순전히 나만의 영역이다. 요즘은 내가 바라보는 나에 대한 평가가 바뀌었다. 하고 싶은 이야기가 많다. 말이 아닌 글이지만 누군가와 함께 나누고 싶은 이야기가 많다. 수다쟁이가 되었나 보다. 글쓰기를 시작하면서 달라진 내 모습이라고 해야 할까? 아니면 나도 몰랐던 내 안의 모습일까? 신기하다.

모든 이야기가 글로 써지는 건 아니다. 내가 하고 싶은 이야기를 완벽히 전할 만큼 나는 글을 잘 쓰지 못한다. 그렇지만 나 혼자만의 영역을 누군가와 소통하기 위해 키보드를 두드리는 순간, 내 안에 수다쟁이가 조잘조잘 말을 하기 시작한다. 이것도 한번 써볼까? 저것도 한번 써볼까?

나에게 글쓰기는 친구와의 수다이다. 그리고 나는 그런 글을 쓰고 싶다. 많은 사람이 나의 이야기에 공감해주고 들어주면 좋겠다. 단 한 사람이라도 나의 이야기를 들어주면 그것만으로도 좋다.

글을 쓰다 보면 어떤 글을 써야 할지 고민되고 막막한 순간들이 찾아온다. 키워드를 찾지 못했거나, 어떻게 글을 풀어나가야 할지 막막한 순간들이다. 그럴 때면 이런 생각을 한다.

나는 누구와 어떤 이야기를 나누고 싶은가.

우선 용기를 내자. 글을 잘 쓰거나 멋진 글을 쓰지 못해도 괜찮다. 시작했다는 것이 가장 중요하다. 작은 발자국이 모여 길이 만들어지는 것처럼 단순한 끄적거림이 문장이 되고, 그 문장들이 모여 나의 글이 된다. 그러면 나에게 글쓰기는 더는 시간에 구애받지 않는 진행형이 될 것이다.

　오늘 당신의 끄적거림은 무엇일까.

나를 담은 음식

안녕! 떡볶이

빨간 양념 속에 가래떡을 콕 찍었어. 매콤달콤한 맛이 부채질하는 거야.

꿀꺽 넘기는 순간 입안에 불이 났어. 화~ 흐르는 매운 눈물로 겨우 불길 잡았어.

박형숙 시, 채인화 그림, <동시 한 접시 드실래요?>

빨간 국물에 버무려진 파와 양배추. 어묵과 하얀 가래떡. 그리고 달걀 한 알.

나에게 떡볶이는 학창시절을 함께 보낸 동네 친구같다. 초등학교 앞 분식집에서 파는 기억 속 100원짜리 떡볶이를 시작으로 지금까지 추억을 공유하는 친구.

학교 앞에는 항상 분식집이 있었다. 그리고 그 분식집의 주인공은 언제나 떡볶이였다. 초록색 접시 위에 빨간 양념. 초등학교 시절 하굣길에서 만나는 떡볶이는 그냥 지나치기 힘든 유혹이었다. 그때는 단순히 떡과 어묵 몇 개만 들어있을 뿐이었는데 왜 이리 맛있어 보이던지. 용돈의 대부분을 떡볶이 사 먹는 데 썼을 것이다.

나의 기억 속 분식집에서는 항상 커다란 철판이 끓고 있었다. 철판에는 밀가루 떡과 어묵, 달걀이 빨간 양념에 졸여지고 있었는데 그 순간을 잘 맞추면 가장 맛있는 떡볶이를 먹을 수 있었다. 1인분에 떡과 어묵을 개수에 맞춰 담아주던 분식집은 내가 학교에 가는 이유 중 하나였다.

중·고등학교에 들어가서 떡볶이는 나에게 조금 다른 의미가 되었다. 떡볶이가 친구들과의 수다 시간에 먹는 음식이 된 것이다. 하굣길뿐만 아니라 점심시간과 야자를 땡땡이치는 순간에도 떡볶이를 찾았다. 왜 떡볶이였을까 조금 의문이 들지만 그냥 친구들과 먹기 친근하고 습관과도 같은 음식이었던 것 같다. 나중에는 하도 먹어서 떡볶이가 지겨웠던 적도 있었다. 그래도 떡볶이와 함께한 그 시간은 즐거운 추억이었다.

떡볶이의 종류도 다양해졌다. 전통 강자는 여전히 철판 떡볶이였지만 즉석 떡볶이와 뚝배기 떡볶이가 유행했다. 들어가는 재료도 많아져서 떡볶이가 더욱 풍부해졌다. 즉석 떡볶이는 사리를 추가하는 재미가 있었고, 라면 사리와 나중에 먹는 볶음밥은 우리의 배를 든든하게 만들어주었다. 뚝배기 떡볶이는 다른 학교 앞에 유명한 곳이 있었는데 말 그대로 뚝배기에 떡볶이가 담아 나오는 것이었다. 보글보글 끓는 뚝배기에 떡과 어묵이 들어있고 삶은 달걀과 핵심인 쫄면 사리가 같이 나왔다. 다 먹은 후에 조금 부족하면 공깃밥을 양념에 말아먹기도 했다.

대학생이 된 나는 떡볶이를 예전만큼 찾지 않았다. 너무 자주 먹어서 조금 지겨웠다. 그리고 조금 유치해 보였다. 어른이 되면서 내가 새롭게 먹을 수 있는 음식들은 많아졌고 떡볶이는 늘 먹던 떡볶이였으니까. 그러는 사이 떡볶이도 변화했다.

분식집 떡볶이 대신 이름을 내건 가맹점 떡볶이가 늘어났다. 맛도 점점 다양해지고 선택의 폭이 커졌다. 예전의 떡볶이가 아니었다. 내가 아이에서 어른이 된 것처럼 분식에서 정식요리가 된 듯했다.

지금은 못 먹어본 맛이 더 많을 정도로 성장한 떡볶이를 보며 신기한 마음 반 아쉬운 마음 반이 든다. 가끔 떡볶이가 먹고 싶어 주문하면 입맛에 맞게 선택할 수 있는 것이 많아 좋다가도 추억 속 그때 그 맛의 떡볶이를 찾을 수 없어 섭섭해진다. 사람의 욕심은 끝이 없나 보다.

나에게 떡볶이는 등교의 이유이자 친구들과의 수다였다. 그리고 지겹기도 유치하기도 하지만 추억을 담고 있는 음식이기도 하다. 늘 함께했고 나처럼 변해왔다. 이 정도면 우리는 세월을 함께 공유하는 친구가 될 수 있지 않을까.

안녕! 튀김, 순대 그리고 핫도그

학교 앞 분식집에는 언제나 떡볶이와 함께 하는 것이 있었다. 바로 튀김과 순대, 핫도그였다. 메인은 주로 떡볶이였지만 그날그날에 따라 주인공이 바뀌기도 했다. 매콤한 빨간 양념의 떡볶이와 바삭한 튀김. 김이 나는 찜통에 들어있는 순대. 그리고 하얀 설탕과 케첩을 입힌 핫도그. 그 넷은 마치 분식집의 사총사 같다.

분식집에서 가장 인기 있는 음식은 떡볶이와 튀김이었다. 그래서인지 그 둘의 맛에 따라 음식을 잘하는 곳인지 아닌지 결정 나기도 했다. 주머니가 여유 있는 날이면 떡볶이와 함께 튀김도 같이 먹을 수 있어 신이 났다. 커다란 떡볶이 철판 옆에 놓인 각종 튀김. 그중 내가 가장 좋아하던 것은 오징어 튀김이었다. 오징어 튀김은 모두에게 인기가 많아서 늦게 가는 날이면 다 떨어져 못 먹는 날도 있었다.

작지만 질기지 않고 쫄깃한 식감. 내가 좋아하던 학창시절의 오징어 튀김이다. 그리고 요즘 내가 그리워하는 것이다. 대왕오징어로 크기는 커졌지만 맛의 깊이는 좀 떨어진 느낌이랄까. 여전히 오징어 튀김은 좋아하지만 그때 그 맛은 아닌 듯하다. 그 맛이 그리워서 튀김을 잘하는 가게를 찾아봐도 예전 같은 맛을 내는 곳이 거의 없다. 아쉽게도 대왕오징어 튀김 아니면 일식 튀김이다. 변해가는 환경에 찾아보기 힘들어져 가는 추억의 음식. 이제는 그리움과 함께 질겅질겅 먹게 된다.

떡볶이와 튀김을 먹는 방법은 두 가지로 나뉜다. 튀김을 떡볶이와 함께 범벅 해서 먹거나 따로 먹거나. 이 방법들은 늘 분식집의 논쟁거리가 되었다. 나는 튀김의 바삭함을 좋아해서 범벅 해서 먹지 않는 편이었다. 하지만 취향이 다른 친구들이 있어서 매번 분식집을 갈 때마다 선택해야 했다. 오늘은 어떤 방식으로 떡볶이와 튀김을 즐길 것인지를 말이다. 그나마 다행인 점은 오징어 튀김은 다들 좋아해서 꼭 시켰다는 것이다. 즉석 떡볶이가 유행하고 가맹점 가게

들이 늘어나도 떡볶이와 튀김의 논쟁은 끝이 나지 않는다.

내가 분식집에서 순대를 먹기 시작한 것은 고등학생 때부터이다. 떡볶이 양념에 범벅된 순대를 좋아하는 친구들이 있어서였다. 나는 튀김과 마찬가지로 양념에 범벅된 것보다 그냥 먹는 것을 선호했다. 그리고 당면순대를 그리 좋아하지 않아서 잘 먹진 않았다. 짭짤한 소금에 찍어 먹는 쫀득한 식감. 순대가 주는 맛은 그것이 전부였다. 어른이 되고서도 순대를 즐겨 찾지 않았던 나는 결혼 후 다시 떡볶이를 먹을 때마다 순대를 마주해야 했다. 남편이 당면순대를 좋아하는 것이다. 그렇게 나와 떡볶이, 순대와의 인연은 또다시 시작되었다.

핫도그는 내가 좋아하는 분식이다. 바싹한 튀김옷에 하얀 설탕과 케첩을 묻히고 안에 들어있는 소시지를 먹는 맛은 요즘 유행하는 단짠의 정석이다. 처음 핫도그를 먹었을 때는 분홍 소시지가 들어있었다. 아주 작게. 겉의 밀가루 반죽을 야금야금 먹고 마지막 한입은 분홍 소시지였다. 마치 분홍 소시지를 먹기 위해 통과해야 할 과정 같았다. 후에 작은 분홍 소시지 대신 긴 소시지가 들어있는 핫도그를 먹게 되어도 그 과정은 똑같았다. 내가 핫도그를 먹는 방법이다.

학창 시절 점심시간이 되면 도시락을 빨리 먹고 후문에 있는 핫도그 가게를 찾아갔다. 그리고 교실로 돌아오면 입가엔 항상 설탕 가루가 묻어 있었다. 핫도그는 누가 먹었는지 바로 티가 나는 음식이었다.

지금은 핫도그 안에 들어가는 내용물이 다양해졌지만 그만큼 파는 가게들이 많이 줄었다. 그래서인지 핫도그 가게 앞은 긴 줄이 서 있기도 하다. 인기는 줄어들지 않았지만 사 먹기 힘든 음식이 된 것 같다.

나에게 음식은 마음과 추억이다. 음식에는 요리하는 사람과 먹는 이의 마음이 담겨 있고, 그 시간과 같이하는 사람들의 추억이 함께한다. 그래서 맛있는 음식을 먹으면 행복하고, 사랑하는 누군가가 생각난다.

우리는 잘 먹고 잘 살기 위해 열심히 하루를 보낸다. 음식이 주는 즐거움을 우리 모두 누릴 자격이 있는 것이다.

즐겨보자. 음식에 마음과 추억을 담아보자. 그리고 행복해지자!

오늘 당신의 마음을 채워 줄 음식은 무엇일까?

내 마음의 휴지통은 어디에 있을까?

호구와 진상 사이.

최근 피부과를 가기로 마음먹은 날이었다. 왠지 피부과는 돈이 많이 들고 아파서 가기 싫었지만 몇 달에 걸쳐 결심하고 가기로 했다. 관리하지 않아 점이며 잡티들이 남편과 나의 얼굴을 어지럽히고 있었고 더는 보기가 싫었다.

나는 사실 치과를 가는 것만큼이나 피부과를 싫어해서 접수하고 기다리는 동안 긴장감이 자연스럽게 올라왔다. 그래서였을까. 조금씩 일이 꼬여가는 듯했다. 가격이 있으니 우선 가장 눈에 띄는 것만 제거하자는 상담실장의 말에 원하는 만큼 남편의 잡티를 지우지 못했다. 그리고 한 번에 점과 잡티를 같이 없앨 수 있을 줄 알았던 나는 시술이 내 생각과 다르다는 말에 고민해야 했다. 결국은 할 때 하자는 마음으로 점을 빼는 시술과 잡티를 제거하는 시술을 받기로 했다. 안경을 벗고 얼굴 전체에 마취하는 동안 간호사가 왔다. 조금 있다가 점 부위를 표시한다고 했다. 그때 나는 점 하나를 빼먹은 것 같아 추가로 더 뺄 곳이 있다고 말했다. 이때부터였다. 일이 제대로 꼬여갔다.

"환자분 뺄 곳이 어디죠?"

간호사가 점을 표시하기 전에 의사가 왔다. 간호사가 늦게 온 것인지 의사가 빨리 온 것인지 모르겠다. 안경을 벗어 앞이 보이지 않는 나에게 의사가 거울을 주며 묻는 상황이 당황스러웠다. 가뜩이나 긴장감으로 두 손을 꼭 쥐고 있는 나에게 말이다. 나는 그럴 수 있다며 스스로를 위로하고 짜증을 내지 않았다. 다만 빼기로 한 점 하나가 헷갈리기 시작했고 어렵게 개수를 맞춰야 했다.

그렇게 시술이 끝나고 정신없이 대기실로 나온 나는 거울을 보고 또 한 번 당황해야 했다. 힘들게 맞춘 점의 개수가 얼굴에 붙은 밴드의 개수와 다른 것이다. 뭐지?

"저 점 뺀 부위 다시 확인해주시겠어요?"

내가 물으니 상담실장이 나와서 개수를 셌다. 그리고 당황하며 여러 번 점검하기 시작했다. 답변은 이러했다. 점은 여러 가지 방법으로 뺄 수 있는데 잡티를 제거하는 기기로 하나를 뺀 것 같다. 그래도 점은 추가로 뺐으니 요금은 내셔야 한다. 이게 무슨 소리일까? 점은 개수로 계산을 하고 잡티는 개수 상관없이 1회 비용을 계산하기로 했는데. 솔직히 나는 그 대답이 이해되지 않았다. 내가 이해력이 부족한 건지 아니면 이 사람들이 나를 속이는 건지 판단이 안 섰다. 순간 나는 의도치 않게 진상과 호구의 사이에 놓인 기분이 들었다. 다시 물어보기로 했다.

"제가 이해가 잘 안 가서 그러는데 점은 점 빼는 시술로 돈을 계산했고, 잡티는 잡티 시술로 계산했는데요. 점을 잡티 시술로 뺐으면 그건 점 빼는 비용에 포함이 안 되는 게 맞지 않아요? 점 빼는 비용에 포함되면 이중으로 내는 것 아닌가요?"

그러자 실장은 그렇게 생각할 수 있지만, 점은 점 뺀 비용에 포함되는 게 맞다고 한다. 도대체 누구 말이 맞는 것일까. 피곤하니 그냥 넘어갈까 하는 마음이 들었다. 하지만 왠지 호구가 되기는 싫었다. 차라리 솔직히 말하는 게 더 나을 것 같았다.

"저는 사실 아직도 이해가 안가요."

결국, 실장은 손님처럼 생각할 수 있으니 그럼 이건 추가 결제를 안 하겠다고 했다. 마음이 불편했다. 마치 억지로 돈을 다 내지 않고 나온 손님이 된 기분이었다. 내가 생각한 말은 다 하고 나왔는데 시원하지 않았다.

그나마 위안이 되는 건 실장과 나 둘 다 당황은 했지만 웃으며 언성을 높이지 않았고, 피부 시술은 생각보다 덜 아팠다는 것일까. 남편에게 물으니 자연스레 잘했다는 답변이 들려왔다. 혼자 말 못 하고 마음에 담아두는 찝찝함보다 낫다는 것이다. 그래도 나는 계속 마음에 걸려 물었다.

"나 정말 진상 아니었어?"
"그만 생각해. 당신은 당신의 생각을 말했을 뿐이야. 그것도 조용히. 그러니까 마음에 담아두지 말고 잊어버려. 당연히 이상한 건 이상하다고 말할 수 있는 거지."

남편의 말이 옳다고 생각했지만 쉽게 나의 마음은 편해지지 않았다. 잘못한 것도 잘못된 일도 없는데 무엇이 문제일까.

　나는 사람들과의 관계에 있어 누군가와 껄끄러워지는 것을 불편해한다. 그래서 남의 이야기는 들어줘도 나의 의견은 잘 내세우지 않는 편이었다. 나는 거절하지 못하는 것은 아니지만 내 마음이 제일 우선은 아닌 애매한 사람인 것이다. 남에게 맞춰주면서 뒤로는 오히려 스트레스를 받는 사람에 더 가까운지도 모르겠다. 그런 내가 불편한 사실을 말했다는 것만으로도 정말 큰 용기였다고 해야겠다. 당연히 어려운 일이다. 그 어려운 일을 해낸 것이니 나는 나 자신에게 칭찬해야 한다.

　그래 이상한 건 이상하다고 말할 수 있는 것이다. 다만 나는 내 생각을 표현하는 일에 인색했을 뿐이다. 그래서 어색했을 뿐이다. 처음은 무엇이든지 어색하고 이상하게 느껴지는 법이다. 마음의 소심함을 버리는 연습을 해야겠다.

　우리 집 다용도실에는 휴지통과 분리 수거통이 놓여있다. 굳이 휴지통이 어디 있는지 매번 찾지 않아도 된다. 늘 있는 자리에 있고 그곳을 찾아 바로 버리면 된다. 또 무엇을 어디에 버려야 하는지 고민하거나 어려워하지 않는다. 자연스러운 습관처럼 쓰레기가 나오는 즉시 바로 분리해서 버린다. 애매한 것들은 인터넷에 찾아보면 쉽게 알 수 있다. 눈에 보이는 쓰레기를 버리기란 참 쉽다. 그렇다면 마음의 쓰레기는 어디에 버리지? 내 마음의 휴지통은 어디에 있을까?

일상에서는 늘 사고 버리는 것들이 생긴다. 마찬가지로 내 안에도 새로이 생겨나는 마음과 버려야 하는 마음들이 쌓여간다. 버리지 않으면 먼지 쌓인 미련이 될 테고 그 미련들이 끝내는 나를 괴롭게 할 수도 있다. 그리고 반짝반짝 빛나는 새로운 마음으로 채울 수 없을 것이다. 도대체 나는 그 수많은 마음의 찌꺼기들을 어디에 버리고 있는 걸까. 버리고 있긴 한 걸까? 오늘도 그 많은 미련들이 나를 괴롭게 하는 것은 아닐까.

내가 마음의 휴지통을 찾아 분리수거를 시작하기로 한 이유는 간단하다. 나를 괴롭게 하는 것은 다른 누구도 아닌 내 불필요한 마음 때문이고 그런 마음에 자유를 주기 위해서였다. 마음의 분리수거가 잘 이루어지면 나는 정말 나답게 살 수 있지 않을까 기대해본다. 그래서 우선 말과 글로 내 마음을 표현해보기로 했다. 쉽지는 않겠지만 솔직히 내 생각을 전달하고 마음을 말해보는 일에 도전하려고 한다. '임금님 귀는 당나귀 귀'의 대나무 숲처럼 누구에게나 속 시원히 마음을 내보이는 공간이 필요하듯 나의 대나무

숲은 글로 채워보려 한다.

　내 마음의 휴지통을 만들고 채워보자. 그리고 비우자. 마음의 분리수거를 시작하자.

쓰지 않으면 인생은 바뀌지 않는다

2

노은심

김포에서 5살 남자아이를 키우는 평범한 엄마입니다.
책을 좋아하는 아이 손에 이끌려 방문하게 된 최고그림책방
에서 책을 만나고, 함께하는 사람을 만나고, 글쓰기를 통해
일상을 적이내고 있습니다.

아이와 함께 독서하며,
인생의 좋은 친구가 되는 것이 꿈입니다.

엄마는 책방을 만났어

세상의 모든 지혜를 알려주는 단 한 권의 인생 책은 없다. 세상은 계속 변하고 나도 변한다. 예전에 인생 책처럼 느꼈던 책들이 시시해질 수도 있고 전혀 감동이 없었던 책이 몸에 사무치는 전율을 선사하기도 한다.

고명환, <나는 어떻게 삶의 해답을 찾는가>

아이가 잠든 시간이지만 내 몸은 자유롭지 못하다. 5살이지만 신생아처럼 아직도 등 센서가 작동한다. 아이는 태어나자마자 신생아중환자실에서 50일을 보낸 후 나에게 왔다. 세상에 태어나자마자 엄마 품이 아닌 인큐베이터 안에서 사투를 벌였을 아이…. 그래서 아이도 나도 불편하지만 서로 등을 맞대고 있는 지금, 이 순간이 소중하다.

머리가 복잡하다. 아이가 잠든 시간 내가 유일하게 할 수 있는 일은 전자책을 들여다보는 일이다. 교보문고 전자도서관에 들어가 베스트셀러 리스트를 스크롤해 내려본다. <메리골드 마음 세탁소> 라는 제목이 눈에 들어온다. 나는 머리가 복잡해질 때는 주로 자기계발서 책을 읽었다. 픽션이나 판타지 이야기를 다룬 책을 별로 좋아하지 않았다. 그런데 갑자기 왜 판타지 소설책이 눈에 들어온 걸까?

다운로드를 하고 전자책을 펼쳐본다. 지은이라는 이름의 주인공이 나온다. 메리골드라는 마을에 마음 세탁소를 세우고 사람들의 얼룩진 마음을 세탁해 준다. 마음세탁소는 최근에 내가 자주 방문하는 최고그림책방을 생각나게 한다. 픽션이지만 내 삶과 닮아서 일까?

어느 날, 집 근처 최고그림책방이란 상호의 작은 책방에 방문했다. 책을 보면 그냥 지나치지 못하는 아이는 입구 앞에 진열된 그림책을 보고, 여느 날과 같이 책방 문 앞을 서성인다.

"편하게 책상에 앉아서 읽다 가세요. 방금 들어온 책이라 미처 비닐을 벗겨놓지 못했어요. 벗겨드릴 테니 편히 보세요"

최고그림책방 사장님의 첫 마디다. 아이가 비닐에 포장된 책을 집어 들자, 이렇게 말한다. 플랩북이라 벗기면 판매할 수 없는 책이었는데도 사장님의 따뜻한 배려는 하루에 한 권만 사주기로 한 아이와의 약속을 무장해제 시킨다. 3권을 결제하고 집에 돌아와 최고그림책방을 검색해 본다. 책방 사장님은 작가였고, 책방은 단순히 책만 판매하는 곳이 아니라 여러 모임도 운영하고 있었다.

그중 가장 눈에 띄었던 건 '독서 모임'이었다. 단순히 아이에게 좀 더 재미있게 그림책을 읽어주는 스킬을 배워 볼까 하는 마음으로 모임을 신청했다. 그림책방이었기에 그림책을 읽는 독서 모임이라고 생각했다. 하지만 우연히 참여한 독서 모임은 내가 생각한 것과 달랐다. 단순히 책을 읽는 것에 그치지 않고, 현재를 공감하고 삶의 지혜를 나누고 마음을 치유 받는 시간이었다. 쉬지 않고 달려온 나에게 휴식 같은 시간을 제공해주었다.

최고그림책방은 메리골드 마음 세탁소와 많이 닮아 있다. 소설처럼 마음의 얼룩을 지워주지는 않지만, 새로운 도전을 할 수 있도록 도와준다. 나는 이곳에서 글쓰기를 시작하려고 한다.

오늘 최고그림책방에서 열리는 북토크에 참여했다. 아이를 친정에 맡기고 남편은 근처 영화관에 보낸 후, 오랜만에 온전히 나만을 위한 시간이다. 앞으로 남은 육아휴직 6개월 동안 나를 위한 시간을 조금씩 만들기로 했다. 그 첫 번째가 독서 모임이고, 두 번째가 글쓰기 모임이다. 내가 과연 글쓰기를 할 수 있을까? 오늘 북토크에서 만난 정아은 작가님이 '초고는 쓰레기다'라고 말했다. 한 글자도 쓰기 어려웠던 나에게 응원이 되는 메시지였다. 생업을 유지하며 글쓰기를 병행하라는 현실적인 조언도 받았다.

잘 쓰지 않겠다, 끝까지 쓰겠다, 나는 그저 많이 쓰겠다, 글쓰기는 양이다.

정아은, <이렇게 작가가 되었습니다>

이제 막 글쓰기를 배우는 나에게 속이 뻥 뚫리는 조언이다. 무료했던 내 삶에 에너지가 생긴다. 오늘부터 느리더라도 차근차근 글쓰기를 시작해 보려고 한다. 북 토크를 마친 후, 독서 모임에 참여했다. 오늘은 <행복을 배우는 덴마크 학교 이야기> 마지막 시간이다. 주제가 육아 이야기인 만큼 또래 아이를 키우고 있는 엄마들 참여가 주를 이룬다.

코로나 베이비를 키우고 있는 나로서는 이런 양질의 정보를 얻을 기회가 없었기에 독서 모임은 더욱 소중한 시간이다. 학교폭력에 관한 이야기를 나누었다. 덴마크에서는 학교폭력이 발생한 이후에 치유하는 것보다 예방하는 것이 중요하다고 한다. 집에 돌아와 신랑에게 이야기하니, "당연한 이야기 아니야?"라고 반문한다. 정말 당연한 일인데 왜 우리나라는 실천하지 못할까?

앞으로 내 아이에게도 닥칠 수 있는 일이기에 많은 생각을 하게 된다. 아이에게 좀 더 거절의 표현을 명확하게 할 수 있도록 가르치자고 이야기하며, 남편과 기분 좋은 저녁을 마무리한다. 독서 모임은 분명 작게나마 우리 부부에게 선한 영향력을 끼치고 있음이 분명하다.

나는 매주 목요일 독서 모임, 글쓰기를 한다. 벌써 6개월 차에 접어들었다. 그동안 많은 사람이 책방에 오고 갔다. 연령대도 다양하고, 직업도 다양하지만 같은 책을 읽고 같은 구절을 공감한다. 신기하고 재미있는 경험이다. 처음 보는 사람과도 친근하게 이야기할 수 있는 것이 독서 모임의 장점이다.

올해 3월 아이가 인천에 있는 유치원에 입학하게 되었다. 나는 올해 8월, 복직을 앞두고 있기에 인천에 계신 할머니 댁 근처 유치원에 아이를 입학시켰다. 3월부터 아이랑 같이 할머니 댁에 상주하고 있다. 모임이 일주일에 한 번이지만 인천에서 김포까지 왕복 2시간 거리를 오가는 건 쉬운 일이 아니다. 독서 모임을 그만둘까 생각했다. 올해 초 작성한 비전 보드가 생각이 났다. 올해 내가 꼭 이루겠다고 다짐한 5가지 중 하나가 독서 모임 참여하기였다. 9시 30분에 아이를 유치원 차량에 태워 보낸 뒤, 씻을 틈도 없이 바로 주차장으로 간다. 시동을 켜고 김포에 있는 최고그림책방으로 달린다.

하루하루를 소중하게, 한 걸음 한 걸음씩 쌓아갑니다. 그런 평범한 일상을 수십 년 동안 반복하다 보면, 언젠가 특별한 오늘로 바뀌어 있을 겁니다.

야나세 다카시, <나는 마흔에도 우왕좌왕 했다>

책방을 만나고 나는 한 걸음 한 걸음 나아가고 있다. '오늘 하루 잘 살았다'에서 '더 나은 내일을 위해 오늘 하루를 잘 살아야겠다'라는 생각이 드는 요즘이다. 내 평범한 일상에 선물처럼 다가온 독서와 글쓰기를 통해 나는 내일이 더 기대되는 하루를 살아가기로 한다.

조리원 동기 대신 그림책

2019년 8월 나에게 새 생명이 찾아왔다. 새 생명을 맞이하기 위해 아기에게 어떤 용품이 필요한지 주변 지인들에게 물어보았다. 주변 지인들은 하나 같이 아이를 낳고 산후조리원에 들어가면 군대 동기보다 더 끈끈한 조리원 동기들이 생길 거라고 했다. 같이 육아용품도 구매하며 아기에게 필요한 모든 정보를 조리원 동기가 해결해 줄 것이라고 했다. 그렇기에 지금 당장 사야 할 아기용품은 없으며, 산후조리원 먼저 알아보라고 조언했다.

나는 그 즉시 남편과 산후조리원을 알아보기 시작했다. 집 근처에 출산과 산후조리가 함께 가능한 산부인과가 있어 남편과 함께 상담하러 갔다. 산후조리원 실장님은 상담 내내 아기에게 EQ(감성지수)가 중요함을 강조하였고, EQ가 높아지려면 태아 때부터 아빠 목소리를 들려주는 것이 중요하다고 이야기했다.

상담이 끝난 후, 집에 돌아와 남편에게 뱃 속 아기에게 아빠 목소리를 들려주라고 했다. 남편은 배 속에 있는 태아에게 어떤 말을 해야 할지 모르겠다며 한마디 이상 말을 잇지 못했다. 아무래도 처음 하는 행위라 부끄러웠던 모양이다. 나는 인터넷서점에서 태아에게 읽어줄 만한 책을 검색했고, <하루 5분 아빠 목소리>를 주문했다. 그리고 나는 남편에게 퇴근 후 배 속의 아기에게 매일 5분씩 책을 읽어줄 수 있는지 물었다. 그 당시 술과 가무를 좋아하던 남편은 회식이 잦았고, 친구들과의 술자리도 자주 있었다. 술자리가 있는 날이면 동이 터서 들어오는 일이 다반사였다. 그런 남편에게 매일 하루도 빠짐없이 책을 읽어달라고 한 건 무리수였다. 나는 남편에게 5분이라는 시간을 계속 강조했고, 하루에 5분만 투자하면 아이가 영재가 될 수 있다고 설득하자 다행히 남편은 동의했다. 남편은 임신 기간 내내 하루도 빠짐없이 배 속의 아이에게 책을 읽어주었다. 남편은 아이에게 책을 읽어주기 위해, 친구들과 모임 횟수를 줄였고, 회식이 있는 날에도 12시 전에는 집에 들어와 배 속의 아이에게 책을 읽어주었다.

코로나가 기승을 부리던, 2020년 4월 내 아이가 태어났다. 매일 COVID-19에 감염된 환자가 뉴스 속보로 보도되었고, 사람들은 사회적 거리 두기 방침에 온갖 신경을 곤두서고 있었다. 감염에 취약한 신생아가 있는 조리원은 비상이 걸렸다. 아빠 출입을 금지했고, 산후조리원 프로그램이 모두 취소됐다. 그리고 산후조리원을 같이 이용하고 있는 산모들과 동선이 겹치지 않게 1인실 안에서 지내야 했다. 산후조리원에서 동기들을 만들어 공동육아를 하겠다던 내 꿈이 산산이 부서지는 순간이었다. 나는 그렇게 프로그램이 취소되어 신생아 목욕시키는 법, 분유 타 주는 법, 기저귀 갈아주는 법도 배우지 못했고, 조리원 동기도 만들 수가 없었다.

집으로 돌아온 후 나의 유일한 육아 동지는 친정엄마였다. 친정엄마는 35년 전 나를 키웠을 당시 기억을 더듬으며, 아이를 씻기고, 먹이고, 기저귀 갈아주는 법을 알려주었다. 친정엄마는 빨래할 법한 넓은 대야 두 개를 사 오신 후 아이를 목욕시키는 법을 알려 주었고, 뜨거운 물과 찬물을 섞어 분유를 탄 다음 손등에 떨어뜨려 온도를 체크하여 아이에게 먹이라고 알려주었다. 나중에 분유 온도를 자동으로 맞춰주는 분유 포트를 알게 된 후, 깜짝 놀랐던 기억이 있다. 육아는 장비 빨 이라는 말도 모른 채 아이를 키웠다.

나는 엄마에게 배운 대로 아이를 먹이고, 씻기고, 기저귀 갈아주기에만 열중해 있었다. 만약 나에게 조리원 동기가 있었다면, 국민 육아템을 사기 바빴을 테고, 홍수처럼 쏟아지는 육아 정보에 허우적대고 있었을지도 모른다. 나는 조리원 동기가 없었기에 유행하는 국민육아템을 알 길이 없었다. 물론 '책 육아'란 말도 들어보지 못했다. 아이에게 교육을 위해 장난감이 필요한지 책이 필요한지 전혀 몰랐기에 알아볼 생각조차 하지 못했다.

나의 그림책 육아를 도와준 고마운 친구가 있다. 그 친구는 종종 도서관에 가서 아이들에게 그림책 읽어주는 봉사를 한다. 내 아이에게도 그림책을 읽어주고 싶다던 친구는 아이가 100일이 되었을 무렵 그림책을 한 아름 안고 우리 집을 방문했다. 친구는 아이를 앞에 두고 잔잔한 목소리로 그림책 한 권을 읽어주었다. 아이는 똘똘한 눈으로 책을 응시했다. 친구는 아이가 책을 좋아하는 것 같다고 얘기했다. 그리고 근처 도서관에 방문하면 북스타트 책 꾸러미를 신청할 수 있고, 아이 나이에 맞는 그림책을 무료로 받을 수 있다고 알려주었다.

새로운 세상에 빠져드는 첫발이었다. 말없이 눈만 껌벅거리는 아이를 앞에 두고 혼잣말하기에 한참 지쳐있었던 나에게 그림책은 새로운 소통 창구였다. 나는 아기에게 매일 그림책을 읽어주었다. 그림책에는 내 머릿속에는 맴돌지만, 입 밖으로 내뱉지 못했던 따뜻한 말들이 넘쳐났다.

아기는 특히 <행복해요>라는 그림책을 좋아했다. 이 책은 내가 그림책을 보지 않아도 글을 다 외울 정도였다. <행복해요> 책을 읽고 나면, 입가에 미소가 생겼다. 아이의 행복한 얼굴을 보며 미소가 지어지기도 했고, 따뜻한 그림과 글씨체를 보며 나도 행복한 기운을 받고 있었다. 그림책을 통해 따뜻한 말을 많이 배웠고, 아이도 마음이 따뜻한 아이로 자랐다. 나는 아기 장난감 대신 그림책을 아기 침대 주변에 둘러쌓아 놓고 터미타임용으로 사용하기도 하고, 이유식을 먹지 않으려고 할 때는 그림책으로 관심을 돌려 이유식을 먹이기도 했다.

그림책은 나와 남편, 그리고 아이를 이어주는 연결 고리가 되었다. 지금도 남편은 잠자리에서 아이에게 책을 읽어주고 있다.

잠자리에서 책을 읽어주는 것은 특히 아버지와 아들 사이에 가장 강력한 유대감을 형성하는 시간이 될 수 있다. 이런 긍정적인 영향은 딸들한테도 나타난다.
짐 트렐리즈, 신디 조지스, <하루 15분 책 읽어주기의 힘>

아빠 책 읽어주기에 대해 이보다 명쾌한 구절이 있을까? 나는 아빠 책 읽어주기에 대해 알지 못했지만, 자연스럽게 아빠 책 읽어주기의 효과를 경험하고 있다. 내가 임신기간 동안 남편에게 요구하긴 했지만, 그 요구를 들어주는 남편이 얼마나 있을까? 당시를 떠올려 보면 임신 기간 내내 배 속의 아이에게 책을 읽어준 남편에게 사뭇 고마움이 밀려온다.

일과를 끝내고 가장 편안한 자세로 푹신한 침대에 눕는다. 가장 사랑하는 사람의 목소리를 아이에게 들려주는 시간이다. 책 읽기를 통해 온전히 아빠와 엄마가 아이에게 집중하는 시간이다. 지금 그때를 떠올려도 행복한 미소가 지어진다. 아이도 배 속에 있었을 때의 경험을 인지하고 있는 것일까? 신기하게도 5살이 된 아이는 지금도 잠잘 시간이 되면 아빠에게 그림책을 읽어달라며 가져온다.

"지후야, 오늘은 2권만 읽고 자자"
"아빠, 오늘은 3권만 읽고 잘게요."

매일 밤 아이와 아빠는 귀여운 실랑이를 하지만, 하루도 빠짐없이 약속한 권수는 꼭 읽어주는 남편이다. 남편과 아이의 책 읽는 시간은 우리 가족 모두에게 긍정적인 영향을 끼치고 있다. 책을 좋아하는 아이로 키우고 싶다면 태아 때부터 아빠 목소리를 들려주기를 권하고 싶다.

나는 주변에 육아 정보를 얻을 수 있는 조리원 동기가 없었기에 더욱 책과 친해질 수 있었던 것 같다. 외출이 금기시되던 때라 또래 아이들을 만나기도 쉽지 않았고, 운 좋게 또래 아이들을 만나더라도 엄마들은 내 아이 마스크를 콧대까지 끌어올리며 방어하기에 바빴다. 덕분에 내게 주어진 상황에서 아이를 양육했는데, 가장 가까이에 있었던 것이 책이었다. 아이가 아장아장 걸어 다닐 시점부터 나의 유일한 외출은 아이와 어린이서점에 가거나 어린이도서관에 가는 일이었다. 나는 아이에게 매일 새로운 세상을 그림책으로 선물했다. 아이와의 책 데이트가 일상이 되었고, 이렇게 나의 책 육아가 시작되었다.

아이와의 시간을 재발명하라

"아이 눈이 참 예쁘네요."

사람들이 무심코 던진 말에 내 가슴이 조여온다. 아이 눈이 다른 아이들과 다르다고 말하는 걸까? 나도 모르게 아이 눈의 수술 자국을 이야기한다. 아이는 만 2세쯤 눈꺼풀에 다래끼가 나서 3번의 수술을 겪었다. 남들이 아이의 눈을 이야기하는 것은 나에게 상처를 회상하게 한다. 초보 엄마의 무지함 때문에 아이가 겪지 않아도 될 수술을 3번이나 겪게 했다고 자책했다. 아이가 처음 다래끼가 났을 때, 집 근처 안과를 찾아 한 달 넘게 진료를 받았다. 다래끼가 더 커지고 줄어들지 않자, 의사는 서울에 있는 더 큰 병원에 가보라고 진료의뢰서를 써줬다.

그 당시 아이의 눈 상태는 양쪽 눈이 모두 곪아 터져 노란 고름이 눈을 뒤덮은 상태였다. 서울에서 유명하다는 안과에서 우리 아이를 진료 본 의사는 이대로 1년간 고름이 터지고 아물기를 반복해야 낫는다며, 진료도 더는 보러 오지 않아도 된다고 이야기했다. 의사는 너무 확신에 차서 이야기했다. 휴가를 억지로 내고 진료를 보러 갔던 남편은 내가 아이를 너무 과잉보호한다며 타박했다. 내가 다른 병원에 진료를 보러 가자고 했지만, 남편은 확신에 차서 이야기한 의사의 말을 더 믿었다. 고름으로 덮여 시야도 가려진 아이를 데리고 집으로 돌아와야 했다. 하루하루 지날수록 아이의 눈은 더 심각해졌지만, 자연적으로 치유되는 과정이라고 생각하며 지켜보아야만 했다. 아이는 태어났을 때의 병력으로 인해, 인하대병원 소아청소년과에서 발달에 대한 추적검사를 받고 있었다. 다행히도 안과 진료 후 일주일 뒤에 아이의 정기검진이 예약되어 있었다. 진료실에 들어서자마자 교수님은 아이 눈을 보고 바로 입원 절차를 진행 시켰다. 눈은 스펀지와 같아, 눈 주위에 염증이 생기면 바로 뇌와 직결되어 전이될 수 있다며 빠르게 입원 절차를 밟았고, 안과에 협진을 의뢰했다. 나는 인하대 안과 진료를 본 그날을 잊을 수가 없다.

 "어머니, 아이 눈이 이 지경이 되도록 뭐하셨나

요?"

"서울에 있는 K 안과에서 고름이 터지고 아물며 자연치유 된다고 하셔서…."

"어떤 미친놈이 이 눈을 보고 괜찮다고 하나요? 어머니가 보기에도 아이 눈이 멀쩡해 보이나요?"

의사는 진료실이 떠나가도록 고래고래 소리쳤고, 전공의에게 당장 외래 진료 다 취소하고 수술실로 가자고 했다. 전공의들은 수술 전에 코로나검사도 필요하고, 당장 수술실도 없다며 발을 동동 굴렀다. 그 당시 응급으로 신속 항원검사결과가 나오기까지는 반나절이 소요됐다. 수술은 진료 다음 날 첫 타임으로 잡혔다. 공휴일이고 교수님 휴진 일이었는데도 내 아이를 위해 선뜻 수술을 진행해 주었다. 아이 양쪽 눈, 위아래를 모두 절개하고 살을 도려내 고름을 다 드러내야 한다고 했다. 눈꺼풀 안쪽에 살을 다 도려내면 눈꺼풀이 말려서 뒤집힐 거라고 했다. 진료를 마치고 나는 남편에게 전화를 걸어 상황을 이야기했고, 서로 전화기 너머로 오열을 했다.

아이는 안와주위 봉와직염이라는 진단을 받고 수술대에 올랐다. 눈에 찬 고름은 다행히 뇌까지 전이되진 않았지만 고름 부위가 너무 커서 3번이나 절개 수술을 한 후에야 없어졌다. 코로나로 인한 사회적 거리 두기 방침에 따라 유아의 경우 입원실 및 수술 회복실에는 보호자 1인만 출입할 수 있었다. 이 모든 과정은 아이와 내가 온전히 겪어야 했다. 나는 내 아이를 회복시키는데 몰두해야 했고, 회사에 육아 휴직서를 제출했다. 아이도 건강 회복을 위해 기관 생활은 할 수 없었다. 아이는 힘든 수술도 3번이나 잘 견뎌 내었고, 수술보다 더 힘들었던 길고 긴 치료 과정도 잘 견뎠다. 2시간 간격으로 안약을 넣고, 아침저녁으로 안연고를 바르고, 항생제도 하루에 3번이나 먹어야 하는 치료 과정을 2년 가까이 겪은 후에야 다시는 다래끼가 나지 않았다. 아이는 한 번도 투정하지 않고, 이 과정을 잘 견뎌주었다.

나는 표현하지 못했지만, 아이 눈을 볼 때마다 아이가 평생 짊어지고 가야 할 흉터를 남겼다는 죄책감에 나 자신을 많이 갉아먹었다. 사람들이 무심코 던진 아이 눈에 관한 이야기가 나를 더욱 움츠리게 했다. 나는 일부러 사람들과 마주치지 않으려고 노력했다.

나와 아이의 유일한 외출은 아파트 단지 내 작은 도서관이었다. 평일 낮, 아이들 대부분이 어린이집 등 기관에 가기 때문에 작은 도서관은 둘만의 아지트였다. 또, 무인으로 운영했기에 아이에게 큰소리로 그림책을 읽어줘도, 아이가 맘껏 뛰어놀아도 눈치 보지 않을 수 있었다. 단지 내 작은 도서관은 아이가 가장 좋아하는 장소가 되었다. 주말에는 아이 아빠와 함께 김포에 있는 마산도서관을 즐겨 찾았다. 김포 마산도서관은 유아 자료실과 어린이 자료실 공간이 분리되어 있다. 유아 자료실에는 미끄럼틀이 있어 아이가 처음 도서관에 왔을 때 도서관은 즐거운 곳이라는 좋은 인상을 느끼게 해주었다. 5살이 된 지금은 유아 자료실보다는 형, 누나들과 함께 조용히 앉아서 책을 읽을 수 있는 어린이 자료실을 좋아한다.

주말에 쇼핑하러 가면, 아이 아빠가 쇼핑하는 동안 나와 아이는 쇼핑몰 내 대형서점에서 책을 보며 시간을 보낸다. 쇼핑을 좋아하는 아빠를 닮은 아이는 서점에 들어서면 보물찾기하듯 새로운 책을 찾아다니기 바쁘다.

"엄마 이건 집에 없는 책이에요! 빌려 가도 되나요?"

아직 대형서점과 도서관의 차이를 구분하지 못하는 아이는 해맑게 웃으며 이야기한다. 나는 계산대에 가서 아이가 직접 책을 구매할 수 있게 도와준다. 도서관에서도 마찬가지로 아이가 직접 대출, 반납하도록 한다. 이 과정을 통해 아이는 책을 더욱 소중하게 생각한다.

작년 5월 5일 어린이날에 다녀온 파주 어린이 책 대잔치 축제에 관해 아이는 아직도 이야기한다. 단순히 책을 고르고 구매하는 공간이 아닌, 체험도 할 수 있고, 각 출판사 직원들이 직접 책을 홍보하고 판매한다. 생소한 출판사와 책들이 빽빽하게 늘어서 있다. 서점에서 추천해주는 베스트셀러가 아닌, 아이가 스스로 즐겁게 볼 수 있는 책을 고를 좋은 기회였다. 이날 아이는 이룸아이 출판사의 <GUESS 인체백과> 도서를 골랐고, 사은품으로 세계국기카드를 선택했다. 그 당시에는 아이 나이에 맞지 않는다고 생각했는데, 이 책을 통해 감염이나 바이러스를 왜 예방해야 하는지, 음식은 왜 골고루 먹어야 하는지에 대해 아이와 자연스럽게 이야기할 수 있었다. 또 국기 카드를 통해 세계 여러 나라에 관심 갖게 되는 계기가 되었다. 체험부스에서 생소했던 네셔널지오그래픽 월간구독도 알게 되어 1년치 구독을 결제했다. 한 달에 한 권씩 우편물로 배송된다. 덕분에 우편함에 꽂혀 있는 책을 보면 아이는 선물이 왔다며 무척 좋아한다. 올해 어린이날에도 아이와 파주 어린이 책 대잔치 페스티발에 다녀오려고 한다. 아이가 어떤 책을 고를지 벌써 기대가 된다.

도서관을 다니며, 나는 아이의 성향을 발견했다. 놀이터에서는 위축된 아이가 책이 있는 곳에 가면 날개를 단 듯 날아다닌다. 아이는 최근 유치원에 입학했다. 그동안 책을 읽으며 쌓아온 지식을 뽐내며 선생님들의 사랑을 독차지하고 있다. 책 읽기 시간이 되면 반 친구들은 내 아이와 짝이 되기 위해 서로 다툰다고 한다. 다른 아이들처럼 놀이터에서 뛰어놀며 부딪히지 않아도 아이는 책에서 배움을 얻고 다른 아이들과 문제없이 상호작용을 하고 있다. 아이가 크면서 성향이 변할 수도 있겠지만, 책이 아이를 지켜주는 방패막이 될 거라는 희망이 생긴다.

독서 모임이 책을 부른다

아이를 유치원에 보내고 집 앞 작은 도서관에 왔다. 마음이 안정된다. 도서관의 이 고요함이 좋다. 아이는 5살이 되어 올해 3월부터 유치원 신입생이 되었다. 엄마의 걱정과는 다르게 아이는 유치원 생활에 만족하며 금방 적응했다. 나는 아이가 등원하는 아침 9시 30분부터 아이가 하원하는 오후 4시 반까지 자유시간을 갖게 되었다. 나는 아이를 낳고 지금까지 아이와 분리되어 생활하는 걸 생각해 본 적이 없다. 그래서 막상 아이와 떨어져 나만의 시간을 갖게 되니 뭘 해야 할지 순간 멍한 기분이 들었다. 단지 소파에 누워 TV를 보며 시간을 보내고 싶진 않았다.

아침이 되면 나는 아이 등원 가방과 함께 내 가방도 함께 꾸린다. 유치원 버스가 아이를 태우고 지나가면 그때부터 나는 자유다. 7시간 동안 아이를 돌보는 것에서 해방이다. 나는 이 시간만큼은 집안일에서도 나를 해방해 주기로 한다. 아이를 태운 차량이 저 멀리 보일 때까지 아이에게 한껏 밝은 미소로 손을 흔들어 준다. 나는 가벼워진 발걸음으로 집 앞 작은 도서관을 향해 발걸음을 재촉한다.

작은 도서관은 오늘도 조용하고 따스하다. 나는 햇살이 비치는 창가 쪽 자리를 좋아한다. 창가 앞에는 긴 테이블이 놓여있다. 등받이는 없지만, 허리를 감싸주는 디자인의 의자는 오랫동안 앉아 있어도 편안함을 준다. 6년 전 김포로 이사 왔을 때, 이런 거실을 꿈꿨다. 남편의 반대로 실현하진 못했지만, 아이가 초등학교에 입학할 때쯤엔 우리 집 거실을 이렇게 따스하고 조용한 공간으로 꾸며야겠다고 머릿속으로 다시 한번 그려본다.

나는 맨 먼저 어린 왕자 영어 필사책을 꺼낸다. 하루에 한 페이지를 노트에 똑같이 적고 사진을 찍어 <최고그림책방> 네이버 카페에 인증한다. 처음 필사를 시작할 때, 최고그림책방 사장님은 나에게 책을 건네며 다른 일정이 있거나 쉬어가고 싶을 땐 잠시 쉬어도 된다고 이야기했다. 나는 하루도 빠짐없이 할 수 있다고 자만하며 호기롭게 필사를 시작했다. 하지만 하루도 빠짐없이 필사하고 카페에 인증한다는 건 쉬운 일이 아님을 바로 깨닫고 나만의 목표치를 낮추었다. 아이가 유치원에 간 후, 하루의 시작을 필사로 시작한다. 주말에는 필사하지 않는다. 주말에는 가족에게 집중하기로 한다. 매일 하루도 빠짐없이 해야겠다는 목표에서 나만의 속도로 목표를 다시 설정하니 100일까지 해낼 수 있을 거라는 자신감이 생긴다. 그래서 오늘도 필사로 하루를 시작한다. 필사하고 최고 그림책방 카페에 인증했다는 것만으로도 오늘을 허투루 보내지 않았다는 기분이 든다. 벌써 58일째 진행 중이다.

사실 나는 책을 그다지 좋아하지 않았다. 제대로 읽어본 적도 없으면서 나 스스로 책을 좋아하지 않는 사람이라고 단정 지었다. 우연히 방문한 동네 책방에서 몇몇 사람들과 함께 독서 모임을 시작했고, 얼떨결에 글쓰기 수업도 참여하게 되었다. 내가 평소 책방에 자주 들르는 사람이었다면 오히려 글쓰기를 시작하지 못했을 거다. 아무것도 모르는 무모함 덕분에 책을 좋아하기 시작했고, 글쓰기를 시작하게 되었다.

독서 모임에서 처음 만난 책은 제시카 조엘 알렉산더의 <행복을 배우는 덴마크 학교 이야기>다. 책 제목처럼 덴마크에서 하는 육아 및 교육 이야기를 다루고 있다. 초보 맘인 나에게 육아 지침이라고는 오은

영 박사의 금쪽이만 알았던 나에게 이 책은 신선함. 그 자체로 다가왔다. 아이를 어떻게 기르고 가르쳐야 할지에 대한 주제는 모든 가정에서 가장 어려운 주제일 듯하다. 나 역시 책 내용을 이해하기는 다소 어려움이 있었다. 독서 모임을 통해 각자의 경험을 이야기하기도 하고 같이 고민하기도 하며 1시간이 어떻게 지나가는지도 모를 정도로 즐겁게 보냈다. 다행히 처음 접한 책이 무거운 주제가 아니고 당시 4살 아이를 키우고 있던 나에게는 피부에 와닿는 시간이었기에 더욱더 독서 모임의 매력에 빠지게 된 것 같다.

두 번째로 독서 모임에서 접한 책은 <돈의 태도>였다. 평범한 사람 30명이 경제적 자유를 얻어낸 비밀 8가지를 다루는 책이다. 나는 이 책에서 처음 경제적 자유라는 단어를 알게 되었다. 이 책을 읽기 전까지 나는 욜로족이었다. 당장 내일을 걱정하지 않고, 오늘의 행복에 집중하는 사람이었다. 나는 정년퇴직까지 다닐 수 있는 직장이 있고, 퇴직 후에는 퇴직금과 국민연금으로 살면 된다고 생각했다. 이 책에서는 경제적 자유를 위해 노후에 대해 미리 계획하고 준비해야 한다고 이야기한다. 나는 이 책을 통해 연금저축의 중요성을 알았고, ETF 투자에 대해서도 처음 접하게 되었다. 독서 모임에 가기 전 혼자 이 책을 읽었을 때는 생소한 내용이라 그냥 이런 게 있구나 하고 대수롭지 않게 넘겼다. 현재를 즐기는 내 상황과 맞지 않는다고 생각해 와닿지 않았다. 하지만 독서 모임에 참여한 다른 사람들의 생각과 경험담을 듣고 지금부터라도 미래를 준비해야겠다는 생각을 처음 하게 되었다. 공부가 필요했다. 집에 돌아와 곧장 인터넷서점에 들어갔다. <16년 차 월급쟁이, 2년 만에 경제적 자유를 얻은 실천 독서법>이란 책이 눈길을 끈다.

각양각색의 새로운 사람들을 만날 수 있는 가장 손쉬운 방법은 독서이다. 만약 일 년에 100권을 읽으면 성공한 사람 100명을 만난 것과 같은 효과를 얻을 수 있다. 잠시 상상해보라. 일상생활을 그대로 유지하면서도 성공한 사람 100명을 만나 다양한 조언을 받는다면 어떨까? 어떻게든 삶에 변화를 불러오지 않을까?

독서 부자 낙숫물, <16년 차 월급쟁이, 2년 만에 경제적 자유를 얻은 실천 독서법>

사람들은 남의 이야기를 듣는 걸 좋아한다. 네이버 메인에는 연예인 일상이 1면을 장식한다. 나 역시 휴대전화를 열면 자연스럽게 연예인 일상을 클릭하며 시간을 소비했다. 책을 통해 남의 이야기를 들을 수 있다는 생각은 해보지 못했다. 그것도 평생 만나보지도 못할 성공한 사람들의 이야기를 독서를 통해 만날 수 있다니 매우 흥미로웠다. 저자는 실천 독서의 중요함을 강조했고, 독서를 통해 다른 사람의 인생에서 배움을 얻는다면 경제적 자유에 가까워질 수 있다고 이야기했다.

마흔의 나이를 가진 주부는 어떻게 경제적 자유를 이루었을까? 나와 같이 평범한 엄마들의 이야기가 궁금했다. 그래서 바로 집 앞 작은 도서관에서 <엄마의 부자 습관>이라는 책을 대출했다. 이 책은 아이가 잠든 후 밤새 읽어냈을 정도로 너무 재미있었다. 무엇보다 흥미로웠던 점은 저자는 1년간 매일 아침 30분 동안 MBC 라디오 <이진우의 손에 잡히는 경제> 청취를 통해 경제 공부를 했다는 점이다. 나는 바로 휴대전화에 MBC 라디오 앱을 설치하고 가입했다. 경제적 자유를 위해서 경제 공부를 시작하려고 했으나 막막했던 나에게 출발선을 마련해주었다.

이후에도 <돈이 돈을 부르는 전업주부 재테크>, <돈은 모든 것을 바꾼다>, <김미경의 마흔 수업> 등 다양한 도서를 이틀에 한 권씩 읽어 내려갔다. 나는 처음부터 어려운 책을 선택해서 읽지 않았다. 내가 선택한 책들은 저자의 경험을 바탕으로 쉽게 쓰인 책들이다. 나와 비슷한 상황에 놓인 사람들의 이야기를 다룬 책을 선택해 읽었기에 독서의 흥미를 붙일 수 있었다. 독서의 흥미를 붙이게 되니 나도 모르게 독서의 힘이 생겼다. 독서의 힘이 생기니 목차부터 읽어내기 어려웠던 <트랜드코리아>, <돈의 심리학> 같은 전문성을 띤 책들도 쉽게 읽을 수 있게 되었다.

요즘처럼 책 읽는 게 즐거웠던 적이 없다. 마침 아이가 유치원에 입학하여 나만의 시간적 여유도 생겼고 집 앞에는 책을 마음껏 볼 수 있는 작은 도서관이 있다. 책은 구매해서 읽는 게 좋다고 하지만 나처럼 독서를 막 시작한 사람들은 서점에 가면 무슨 책을 사야 할지 막막하다. 베스트셀러나 신간 코너에 가서 표지이 광고문구만 보고 고를 것이다. 그리고 집에 가져온 책은 먼지만 쌓일 것이다. 책 한 권을 끝까지 읽어내기 힘든 사람은 독서 모임에 참여하는 것을 추천한다. 그리고 작은 도서관을 이용하자. 작은 도서관은 규모가 작아서 선택의 폭을 줄여준다. 처음부터 어려운 책을 고를 필요는 없다. 작은 도서관에 가서 내 관심사에 맞는 책을 2~3권 정도 읽어보길 추천한다.

독서 모임에 다니며 나는 생각의 전환점을 맞이했다. 책을 통해 평생 만나기 힘든 사람들의 삶의 경험, 실패, 성공담을 듣는다. 시간과 공간의 제약을 받지 않고 그들의 노하우를 배운다. 자기 생각을 자유롭게 글로 표현하는 사람들이 부럽다. 나도 언젠가 그들처럼 되길 희망하며 꿈꾸는 지금 이 순간이 즐겁다. 사람은 꿈을 꾸며 살아가는 존재다. 나는 마흔이 된 지금 그 사실을 깨닫는 중이다.

딱 한 시간만 부탁해 볼까?

글쓰기를 시작했다. 아이를 양육하며 글 쓰는 게 가능할까? 시작도 해보지 않고 포기해 버릴 거 같아 수업료를 내고 글쓰기를 해보기로 한다. 북토크에서 만난 정아은 작가는 어린 자녀를 양육하는 시기에는 글 쓸 시간이 없어 화장실에서 글을 썼다고 했다. 돌이켜 봤을 때 그 당시에 가장 아이디어가 번뜩이고 많은 글을 썼다고 했다. 나는 아픈 아이를 양육하기 위해 휴직을 내고 아이와 24시간 함께하고 있다. 무언가를 시작하기엔 아이를 돌봐야 해서 바쁘다고 입버릇처럼 얘기한다. 내가 가장 바쁘다고 생각하는 지금이 기회가 아닐까? 글쓰기를 통해 내 이야기를 풀어보기로 한다. 막상 글쓰기를 시작하니 온갖 핑곗거리가 생기기 시작한다. 아이가 일어나기 전 새벽 시간을 이용해서 글을 써보기로 한다. 실패다. 내가 침대에서 일어나니 아이도 같이 눈을 뜬다. 아이와 하루를 더 빨리 시작하게 되어 몸도 정신도 고단하다. 아이를 재우고 밤에 글을 쓰기로 한다. 또 실패다. 아이를 재우면서 같이 잠들어 버렸다. 아이가 낮잠을 자는 동안 글쓰기를 하기로 한다. 평소 신경 쓰지 않던 온갖 집안일이 눈에 들어온다. 창틀도 닦고, 창문도 닦는다. 찬장에 있는 그릇과 반찬통을 죄다 꺼내 정리한다. 글을 써야지 마음을 먹은 것도 잠시, 어느 순간 냉장고 정리를 하는 나를 발견한다. 이러다간 한 줄도 못 쓰겠다. 집과 분리된 다른 공간으로 가야겠다. 아이를 데리고 갈 순 없다. 남편에게 아이를 맡기고 아이와 집안일에서 도망가야겠다.

"남자아이는 크면 아빠만 찾게 되어 있어. 그때 되면 내가 많이 놀아 줄 거야."

사실 내가 독서 모임을 다니고 글쓰기를 시작하게 된 계기는 남편에게 아이를 맡기기 위해서다. 남편과 나는 맞벌이지만 양육은 온전히 나 혼자 담당해 왔다. 남편은 아이가 어리다는 핑계로 아이를 돌보지 않았다. 젖병을 물리는 일도 기저귀를 갈아주거나 목욕을 시키는 일도 우는 아이를 달래는 것도 모두 내 역할이었다. 아이를 낳고 검진을 받기 위해 아이를 남편에게 맡긴 적이 있다. 한 시간 정도만 봐달라고 아이를 맡기고 병원에 왔는데 예상치 못한 대기 인원이 많아 3시간 넘게 소요되었다. 남편은 아이가 운다며 계속 전화했다. 그 당시 아이 수유텀이 1시간 간격이었는데 남편은 분유를 탈 줄 몰라서 아무것도 먹이지 못한 것이다. 그 이후로 나는 남편에게 아이를 봐달라고 하지 않았다. 이제 아이가 4살이 되었다. 아이가 태어난 이후로 나는 온전히 아이만을 생각하며 살았다. 최근 육아휴직을 내고 아이와 함께하는 시간이 더 늘어남에 따라 더욱더 내가 사라짐을 느꼈다. 한 시간만이라도 나만을 위한 시간을 갖고 싶었다.

우연히 참여하게 된 독서 모임은 나의 첫 번째 탈출구가 되었다. 첫 모임은 아이와 함께했다. 두 번째 모임 때는 아이는 친정에 맡기고 혼자 독서 모임에 참여했다. 한 시간이었지만 아이와 함께 참여했을 때와 혼자 참여했을 때의 삶의 질이 확연히 차이가 났다. 단지 아이와 한 시간 떨어져 있었을 뿐인데, 온전히 나에게 집중하는 시간을 가지고 나니 지난 일주일을 보상받는 기분이 들었다. 나에게 일주일에 딱 한 시간만 주어지면 될 것 같다. 매주 친정엄마에게 부탁하는 것도 무리가 있어 남편에게 아이를 맡겨 보기로 한다. 잠깐 커피를 마시러 가거나 장을 보러 간다고 하면 남편도 같이 따라간다고 할 것이다. 독서 모임은 좋은 핑곗거리다. 남편이 아이가 단둘이 있게 된 두 번째 시간이다. 남편은 내가 독서 모임을 하는 동안 모임 장소 근처 스타벅스에서 아이와 시간을 보냈다. 독서 모임이 끝나는 시간에 맞춰 나를 찾아왔다. 남편도 처음에는 아이와 단둘이 있는 걸 걱정했지만 겪어보니 한 시간 정도는 아이와 함께 있을 수 있다고 했다. 이날을 계기로 나는 남편에게 키즈카페 티켓을 끊어 주고 아이와 단둘이 시간을 보내게 했다. 키즈카페에 가면 2시간 정도 아이와 함께 시간을 보낼 수 있다.

다음에는 남편에게 아이와 함께 식당에 가서 밥을 먹게 했다. 식당 장소를 정해주고, 아이가 앉아야 할 위치를 정해주었다. 아이에게는 밥을 반 공기 덜어주고, 국은 식힌 후에 먹여야 한다고 얘기해 주었다. 엄마에게는 설명이 필요 없는 일들이다. 아빠에겐 뭐든 설명이 필요하다는 걸 독서 모임을 통해 만난 엄마들을 통해 알게 되었다. 그동안 남편은 아이를 돌보는 방법을 몰랐기에 하지 못했다. 엄마도 아이를 돌보는 게 처음이지만 엄마들은 아이를 잘 돌본다. 그래서 남편도 스스로 아이를 돌보기를 바랐다. 이제는 남편이 못해서 당연히 내가 해왔던 일들을 남편에게 하나씩 설명해 주고 있다. 남편은 미션을 깨듯 하나씩 수행하고 나에게 '완료' 문자를 남긴다. 미션을 통과했다는 듯이 기뻐하는 남편이다.

일주일에 한두 시간만 남편이 아이를 맡아줘도 숨통이 트인다. 하지만 독서 모임을 다녀온 후 글쓰기까지 하기엔 시간이 부족하다. 내가 눈에 보이면 아이도 나를 찾고 남편도 아이를 돌보지 않는다. 평일에 한 시간만 더 나에게 시간이 주어졌으면 좋겠다. 우연히 집 근처에 있는 한글 책방이라는 곳을 발견했다. 60분 동안 그림책을 읽고 독후활동을 한다고 한다. 무엇보다 부모와 분리 수업이라는 문구가 눈에 띈다. 나의 두 번째 탈출구다.

바로 체험 수업을 예약했다. 낯선 곳에 대한 경계심이 많은 아이는 책방 안에 있는 알록달록한 그림책들을 보고 바로 경계심을 푼다. 나는 아이와 인사를 나눈 후 근처 커피숍에 가서 아이스아메리카노 한 잔을 시킨다. 노트북의 전원을 켜고 한글파일을 클릭한다. 혼자 커피 한 잔 마시며 여유를 부려도 의미 있는 시간이다. 하지만 나는 노트북을 켜고 생각하고 글을 써 내려간다. 60분이란 시간이 정해져 있다고 생각하니 머리가 빨리 회전한다. 집에서는 이런저런 핑계로 노트북을 가방 속에서 꺼내 보지도 못했다. 나는 글을 쓰는 최적의 시간과 장소를 찾아낸 것이다.

나에게 글쓰기란 내 일상을 기록하며 나를 돌아보

고 나를 위로하는 시간이다. 대부분의 내 또래 사람들이 그렇듯 나는 나를 살피지 않았다. 회사에 가면 일에 매진했고 집에 오면 가정을 살폈다. 나를 돌보지 않으니 계속 불만이 쌓여 갔다. 맞벌이인데 집안일은 왜 나 혼자서 하는 걸까? 아이는 같이 낳았는데 왜 나 혼자서 돌봐야 하는 걸까? 이 사람을 만나서 결혼하지 않았다면 내 삶은 불행하지 않았을 거야. 나의 불만은 남편에게 화살이 되어 돌아갔다. 남편과 같은 회사에 근무하고 있기에 남편도 나와 똑같이 휴가를 낼 수 있다. 하지만 매번 그랬듯 이번에도 육아휴직을 내고 아이를 돌보는 건 내 몫이다. 불만을 해소하는 방법을 몰랐기에 회사에서 제공하는 심리상담을 받아 볼까도 생각했다. 하지만 실행에 옮기지는 못했다.

독서 모임을 시작하고 독서를 시작하게 되었고, 소소한 내 일상을 적어 내려가기 시작했다. 남에게 보여주기 위한 글이 아닌 나 자신을 돌아보고 성장하는 내 모습을 기록한다. 독서를 시작하고 나니 남을 돌아볼 여유가 없다. 남을 미워할 시간이 없어진 것이다. 남편에 대한 미움의 화살도 독서로 향했다.

독서 모임을 시작하지 않았더라면, 글쓰기를 시작하지 않았더라면 나에게 '한 시간'이란 시간도 주어지지 않았을 것이다. 책을 읽기 위해 한 시간이 필요했고, 나는 남편에게 아이를 맡기게 되었다. 남편과 아이가 함께 하는 건 우리 가족에게 선순환으로 작용했다. 아빠와 함께하는 시간이 늘어날수록 함께하는 놀이가 늘어난다. 아이는 아빠와의 놀이를 기억하며 주말이 되기만을 기다린다. 아이가 아빠와 노는 동안 나는 독서와 글쓰기를 통해 긍정에너지를 가득 채운다.

아이가 5살이 된 지금, 유치원에 입학하게 되어 나에게도 시간적 여유가 생겼다. 내가 만약 글쓰기를 시작하지 않았다면 아이를 유치원에 보낸 후 무기력하게 소파에 앉아 TV 예능프로그램을 보며 의미 없는 웃음을 짓고 있을지도 모르겠다. 하지만 지금의 나는 아이를 등원시킨 후 작은 도서관에 가서 책을 읽기도 하고 글쓰기도 하며 시간을 보낸다. 온전히 나를 위한 시간, 나를 돌아보는 시간은 정말 중요하다. 독서와 글쓰기는 내 인생에 선순환으로 작용하고 있다.

쓰지 않으면 인생은 바뀌지 않는다

3

김누리

이제 막 작가라는 이름표에 김누리라는 이름 석 자를 써 내려가고 있는 새내기 작가. 한 아이의 엄마이고 다양한 일들을 경험해 본 직장인이다. 누구나 그렇듯 나만의 꿈이 있고 비전이 있는 아직 철이 덜 든 42세.

해보고 싶다는 생각이 들면 이리저리 고민하고 재는 시간보다 마음이 급해져 발이라도 먼저 담가보자! 라는 마음으로 시작은 그 누구보다 빠르다. 시작이 반이라 했지만, 나머지 반의 뒷심을 위해선 반드시 "의지"가 있어야지만 가능하다는 것을 이제야 알기 시작했다.

세상에 선한 영향력까진 아니더라도 선한 기운을 조금은 보태고 싶기에 동기부여작가가 되고 싶다는 포부와 함께 브런치 작가로 데뷔했다. 내 이 "의지"를 매일 10분 글쓰기를 통해 다져본다.

쓰지 않으면 인생은 바뀌지 않는다

눌 언니가 되다

"무슨 일 하세요?"
"맘카페에서 일해요"
"아~ "

　처음 만나는 이들에게 가장 많이 받는 질문이다.
나는 경기도 지역의 한 맘카페에서 일한다. 주위에서
별로 볼 수 없는 신기한(?) 직종이다. 대부분 맘카페
라는 말을 들으면 "맘충"이라는 단어가 먼저 떠오를
것이다. 그래서 그런지 내가 하는 일을 말해주면 질
문을 했던 그 뒷말에 무슨 말을 덧붙여야 하는지 어
려워하는 거 같다. 아마도 나에게 아!! "맘충소굴!"이
라고 말을 할 순 없을 테니깐! 나는 가끔 그런 사람
들의 반응을 즐기기도 한다. 그들이 입 밖으로 꺼내
지 못하는 말을…. 나에게 말한다고 해서 내가 딱히

기분 나빠하지는 않을 텐데…. 라고 생각하며 말이다.

그다음으로 궁금해하는 것은 수입이다. 그 역시 맘충 다음으로 쉽게 떠오르는 '단어=갑질'이기 때문이 아닐까 생각한다. 그래서 돈을 잘 버나? 하며 궁금할 수 있을 테다. 하지만 안타깝게도 나는 매월 정해진 월급을 받는 평범한 직장인이다. 내가 맘카페 운영자로 일하며 할 수가 있는 갑질은 없고 월급은 5년 전에 퇴사한 직장의 절반 정도이다. 가끔 몇몇 사람이 나에게 말했다. 돈을 잘 벌거라 생각했다고. 그들의 기대와는 다르게 나는 월급쟁이고 매일매일 일과 삶의 경계가 없는 생활을 한다. 운영자로 활동하며 꽤 많은 부분 나의 생활을 공유하며 커뮤니티 속에 살고 있다.

내가 한 말과 행동 때문에 나에게 월급을 주는 내 직장에 폐를 끼칠까 하고 싶은 말도 꾹 참고 넘길 때도 많다. 누굴 만나고 이야기해도 핸드폰을 손에 늘 들고 있고 가족과 시간을 보낼 때도 핸드폰을 쳐다본다. 그래서 가끔 핸드폰 배터리가 다 되었을 때, 기쁘기도 하다. 그 시간만큼 나의 삶에 온전히 집중하기 때문이다. 그런데 요즘은 고속충전기가 너무 잘 나와 충전 시간이 매우 짧아졌다.

'젠장 벌써 폰이 켜지네…'

아무튼 이런 생활을 하며 왜 맘카페에서의 일을 계속하고 있을까? 궁금해하는 생각하는 사람도 있을 것이다.

내가 '음악점역사'라는 우리나라에 몇 없는 전문 직종을 포기하고 월급을 줄여가며 직장을 옮긴 이유는 단 하나였다. 내 아이와 함께하는 시간을 늘리기 위해서다. 엄마가 된 이후 나의 모든 선택에서 나는 2순위이다. 대부분 엄마가 그렇겠지만 내 삶의 첫 번째 우선순위는 아이와 가족이었다. 경기도 끝에서 서울 한복판으로 아침 8시까지 출근하고 주 20시간을 필수로 야근하는 직장생활을 하며 가장 힘든 점은 단 하나였다. 내 아이가 자고 있을 때 나오고 졸린 눈을 할 때 집에 도착해야 했던 것. 친정엄마가 보내주는 영상 속의 아이는 무럭무럭 커갔다. 하지만 돌이 갓 지난해부터 4살까지 내가 담고 있는 모습이 없었다. 가족이 1순위라는 내 마음과 다르게 아이에게 집중하지 못하는 현실이 너무 슬펐다.

아이는 점점 이쁘고 더 사랑스러워지는데 정작 나는 너무 많은 것을 놓치고 있다는 기분이 들었다. 반면에 지금 내가 일하고 있는 맘카페는 집에서 자차로 20분 거리에 있었으며 출근 시간도 늦고 퇴근도 빨랐다. (물론 우리 운영자들은 퇴근 후에도 카페를 수시로 모니터링한다) 내 아이를 유치원에 데려다주고 유치원이 끝나면 데리러 갈 수 있었다. 내가 아이의 아침도 먹이고 저녁도 먹일 수 있었다. 맘카페에서는 일과 삶의 경계가 정확하진 않지만, 내 몸은 아이와 함께할 수 있었고 커뮤니티에서 아이와 관련된 나의 이야기나 다른 이들의 이야기 그리고 내가 아이와 한 것들도 가능했다.

3년이 걸려 취득한 1급 점역사 자격증도, 제때 꼬박꼬박 나오는 (매년 오르는) 안정적인 월급도 그 기쁨에 비할 수가 없었다. 하지만 이런 안정적인 직장을 그만두고 이직하기까지 현실적으로 많은 부분이 쉽지 않았다. 감사하게도 내가 이런 고민을 할 때 네가 하고 싶은 대로 해! 라고 내 손을 들어준 사건이 하나 생겼다.

내가 점역사로 일하던 직장은 매우 보수적인 직장이었다. 윗분들의 갑질, 막말, 직원들에 대한 하대가 매우 심한 회사였다. 돌이켜보면 정말 어떻게 참고 다녔을까? 생각될 정도다. 하루는 이전에 치과에서 치료한 앞 윗니가 깨졌다. 생각해 보라. 얼마나 웃긴가! 다행히 점심시간 전이어서 점심시간에 밥을 빨리 먹고 다녀오면 되겠다고 생각했다.

치료하면 먹을 수 없고 먹지 않고선 일을 할 수 없으니 당시의 나에게는 최고의 선택이었다. 팀장님에게 미리 양해를 구하고 10분 먼저 식당에 내려가 밥을 먹었다. 그리고 치아를 치료하고 점심시간이 끝나기 전에 사무실에 들어와 일했다. 그날 오후 팀장님에게서 메시지가 왔다. 내가 10분 밥을 일찍 먹은 것을 보고 관장님이 한소리 했다고 말이다.

우리 회사는 평소 9시 ~ 6시 근무지만 기독교재단이라는 명목으로 매일 아침 예배를 드렸다. 작곡이나 피아노 등 음악을 전공한 음악 점역사들이 스무 명 가까이 되었는데 우리는 순번을 돌아가며 8시까지 출근해서 예배반주를 해야만 했다. 물론 이 시간은 월급에 포함되지 않았다. 일요일에는 순번을 돌아가며 회사의 자회사쯤 되는 경기도 양주(2시간 거리)의 요양원에 가서 반주도 해야 했다. 이것 역시 회사에 근무하는 동안 만삭 때 빼고 늘 했던 일이다. 이 일뿐만이 아니었지만, 그 순간 회사에 대해 서운한 감정이 극에 달했다. 그때 마침 아는 동생에게서 연락이 왔다.

"언니! 회사 옮길 생각이 있어? 아는 사람이 직원을 구한다는데 언니 생각이 났어. 이력서 넣어봐!"

나는 이런저런 복잡한 생각을 멈추고 집에 돌아와 컴퓨터 앞에 앉아 바로 추천받은 구인 사이트에서 모집 요강을 살펴보았다. 어! 재미있겠다! 나하고 맞을 거 같은데? 라는 생각이 들자 더욱 이 일을 하고 싶어졌다! 내가 결심을 하자 모든 것이 일사천리로 진행되는 기분이었다. 근무 중이기 때문에 회사의 배려로 밤 8시에 면접을 볼 수 있었고, 다음 주에 바로 합격통지를 받았다. 회사의 입사가 확정되어 3/19일

날짜를 끝으로, 만 8년 만에 이전의 회사를 퇴사했다. 8년 동안 고생한 나에게 주는 선물로 가족들과 처음으로 제주도 여행을 갔다. 2박 3일의 짧은 시간이었지만 한 번도 가보지 못한 제주도로 떠났다. 그곳에서 가족들과 시간을 보내며 이전의 시간을 정리하고 새로운 일을 위한 충전의 시간을 가졌다.

여행을 마치고 돌아온 다음 날 23일부터 바로 출근했다. 이전 회사에서는 느끼지 못한 분위기, 그리고 업무, 너무나 새롭고 다른 일들이었다. 늘 회원과 소통해야 해서, 즐겁게 소통할 방법을 찾으며 카페 내의 다양한 행사를 진행했다. 다른 것은 모르겠지만 맘카페에서 일하면서 그동안 경험해 보지 않았던 재미있는 일들을 하고 있다고 생각한다.

온종일 손에는 핸드폰을 쥐고 있고 새벽에도 주말에도 명절에도 휴가 때도 카페를 모니터링하지만, 한아름상회, 바디챌린지와 체육대회, 김포시의 다양한 축제 진행, <경기꿈의학교 인플루언서 되다> 운영, 엄마들에게 필요하다고 생각되는 각종 강연 주최, 사생대회 주최, 체육대회, 김포시 행사 진행, 반찬 기부 행사, 유튜브 촬영 및 편집 운영, 네이버라이브커머스 쇼호스트 등 몇 년 동안 재미있는 일들을 해볼 수 있었다.

이러한 기회를 통해 새로운 세상을 경험하고 정보

를 얻고 색다른 자극을 받았다. 이 모든 것들이 가능한 것은 함께 일하는 직원들 또한 이 다양함을 즐기고 있기 때문이라고 생각한다. 그리고 많은 업무를 하면서도 내 아이의 등교와 하교를 도울 수 있다는 것이 무엇보다 감사하다. 내가 맘카페에서 경험한 일들의 세세한 이야기는 나중에 자세하게 또 풀어보고 싶다.

가장 고통스러운 것은 재미있는 일을 놓치거나 기회를 잃는 것이다.
호리에다카후미, <가진 돈을 몽땅 써라>

내가 돈이나 나의 경력 때문에 이직을 망설이고 고민만 했다면, 결코 경험할 수 없었던 시간이었을 것이다. 그리고 이 일을 하면서 아이와 함께하는 시간이 늘었을 뿐만 아니라 아이에게 내가 경험했고 그것을 통해 배운 것들을 나눌 수 있게 되었다는 사실이 무엇보다 기쁘다.

음악점역사 이야기

"점역하고 있어요"
"점역이요?"

나의 이전 직업은 음악점역사다. 점역사라는 직업이 많은 이들에게 생소한 듯하다. 당시에 나에게 무슨 일을 하느냐고 물을 때 점역하고 있다고 말하면 이렇게 다시 되물었기 때문이다.

엘리베이터에서 많이 볼 수 있는 것. 그게 바로 점역이다. 엘리베이터 숫자 옆에 이상하게 오돌토돌한 점들이 튀어나와 있다. 시각장애인을 위한 점역 표기이다. 개, 폐, 그리고 층수….

내가 이 직업을 알게 된 건 대학 졸업을 앞에 두고다. 나는 경영을 전공하다 2학년 때 자퇴하고 가족의빚을 함께 갚기 위해 일을 시작했다. 몇 년이 지나어느 정도 빚을 청산하였을 때 나를 버티게 해 준 음악을 만드는 일을 하고 싶었다. 작곡과에 대해 알아보았다. 고등학교 때까지 꾸준하게 피아노를 연주해서 입시 곡만 연습하면 됐고 이론은 집 근처 선생님을 찾아 배우기 시작했다. 회사에 근무 중이라 매일평일 저녁 퇴근 후 피아노를 배우고 작곡 공부를 했다.

1년 반 이후 나는 TO가 있는 몇 개 학교에 지원서를 냈고 2곳에서 합격통보를 받고 퇴사 후, 늦깎이 28살 대학생 생활을 시작했다. 편입으로 입학하였기에 나의 수업은 늘 21학점~24학점으로 꽉 차 있었다. 학비는 학자금대출로 충당했고 방학 때는 추가로 알바를 했다.

점심값을 아끼기 위해 4명이 학식 두 개를 시키고밥을 싸 와 학식의 국과 반찬을 함께 먹으며, 김재벌, 이대가, 박천재, 오소미라고 서로를 부르며 공부에 전념했다. 2년은 빨리 흘렀다. 졸업이 다가오는데 음악공부를 하며 내가 이것으로 밥을 먹고 살 수 없다는결론을 내렸다. '난 음악에 재능이 없구나.' 노력해도안 된다는 것을 빨리 받아들이고 졸업 후 무슨 일을할까 고민을 했다. 그러면서 음악과 관련된 직종을 찾았다.

그때 내 눈에 띈 것이 바로 "음악점역사"였다. 음악 관련 학과를 졸업한 학생들만 지원이 가능했다. 난 주저 없이 이력서를 쓰고 면접을 보았다. 내가 면접 때 했던 말이 아직도 기억이 난다.

"반짝반짝한 일이라서 지원했습니다. 악보를 볼 수 없는 사람에게 통로 역할을 할 수 있는…. 제 능력으로 도울 수 있는 일이라서 해보고 싶습니다"

나는 면접에 합격했고 졸업 전에 취업에 성공했다. 음악점역사가 되는 길은 쉽지는 않았다. 세를 떼고 나면 100만 원이 되지 않는 월급. 월급을 올리려면 자격증이 필요했다. 자격증을 따기 위해선 먼저 3급 국어 점자 자격증을 취득해야 했다. 근무 후, 8개월간 공부하며 국어점역사 자격증을 따고 난 후에야 음악점역사 시험을 치를 수 있는 자격이 생겼다. 음악점역사 자격증 취득 후에는 영어 점자 자격증을 취득했다. 그래서 난 비로소 1급 점역사이자 음악점역사가 되었다. 우리나라에는 100여 명 정도가 있는 것으로 알고 있다.

우리나라에는 국어, 음악, 영어, 수과컴(수학과학컴퓨터), 일어 자격증이 있는 민간자격증이다. 처음에 국어 점역사 자격증을 먼저 취득해야 다른 자격증을 취득할 수 있으며 국어 점자 자격증은 자격의 요건은 따로 있지는 않기 때문에 관심이 있다면 도전해 볼 수 있는 자격증이다. 물론 공부하는 과정에는 전문가의 도움이 필요하므로 시각장애인 복지관에 문의해서 받을 수 있다.

점역사들은 수능 문제도 출제하고 교재도 만들고 일반 도서, 악보, 그리고 촉각 교재도 제작한다. 그래서 수학과를 나온 점역사, 중국어를 전공한 점역사, 미술과 음악을 전공한 점역 외에도 많은 분야의 전공자들이 있다. 점역사들의 전공은 각 분야의 해당하는 책들 점역하는데 더욱 전문성을 실어주기 때문이다. 음악점역을 할 때를 예를 들어보겠다. 점역 방법의 기본은 있지만 하나의 악보를 점역할 때에 여러 가지 분석에 따라 조금씩 다르게 점역할 수 있다.

점역사들은 어떻게 점역하는 것이 시각장애인이 악보를 이해하기가 좋은가에 대해 늘 고민하고 악보의 점역이 잘 되었는지를 검증하는 교정사와 의논하여 악보를 완성해 간다. 둘이서 해결이 되지 않을 때는 다른 점역사들과도 회의하기도 한다. 단순히 복사한 것처럼 옮기는 것이 아니기 때문이다. 그래서 많은 점역사는 끊임없이 공부하고 연구해야 한다.

우리나라의 많은 점역사는 대부분 복지관이나 도서관 등에서 근무를 한다. 복지업무나 사서 업무를 함께 동시다발적으로 진행해야 해서 점역에만 집중할 수 있는 환경이 아니기에 개인적으로 이 부분이 많이 아쉬웠다. 나는 한 시각장애인 복지관에서 근무했고 그곳에서 근무하면서 이와 같은 생각을 많이 했었다.

우리 회사의 음악점역사는 대부분 음악재활센터에서 일했다. 대부분 여자가 많았고 작곡과 피아노과 성악과 친구들이 많았다. 그 외 가끔 관현악 친구들도 있었다. 음악재활팀은 타 사무직과는 다르게 늘 시끄럽고 감정적이며 스펙터클 했다. 우리의 음악적 감성이 사무실 분위기에 고스란히 나타났다. 그런 우리를 이해하지 못하는 타 부서 사람들도 있었다.

"쟤들은 왜 맨날 시끄러워?"

우리의 이런 특징이 없었다면 난 음악을 전공하기가 쉽지 않았으리라 가끔 생각한다. 음악점역사는 정말 반짝반짝 빛나는 일이었다. 시각장애인 아이들에게 음악도 가르치고 1년에 한 번 그 친구들이 서는 무대를 꾸렸다. 무대에서 아이들이 연주를 마치고 나올 때 나는 매번 감동했다. 그 친구들과 부모들이 가진 아픔을 이해할 순 없지만, 그날 하루만큼은 주인공이 되어 무대에서 빛날 수 있도록 도와줄 수 있는 일을 하는 내가 기특했다.

이직하고 아쉬운 점이 하나 있다면 이 반짝반짝 빛나는 곳을 내가 떠난 것이다. 하지만 난 아직도 꾸준히 보수교육을 받으며 자격을 이어나가고 있다. 악보의 음계 하나하나를 옮겨가던 일을 내 손이 기억하고 있다. 참 신기하다. 일을 그만둔 지 벌써 5년이나 되었는데도 말이다.

음악점역 일을 하며 하나의 비전을 두게 되었다. 언젠가 내가 대학생 때 불리던 별명처럼 김재벌이 된다면 장애가 있는 친구나 불우한 친구들에게 언제든 음악교육을 받을 수 있는 환경을 제공할 수 있는 기관을 설립하는 것이다. 막연하고 터무니없을지도 모르지만 난 그렇게 누군가에게 희망을 주고 싶다. 내가 절망스럽고 무너졌을 때 나를 잡아주고 위로했던 그 시간을 기억하며 매일을 버티며 살아가더라도 더 나은 날이 올 거라는 희망을 품고 그 시간을 감내할 수 있도록 음악으로 위로하고 싶다. 취업하고 아이를 낳고 내가 목표한 것들이 달성될 때마다 작지만 기부를 시작했다. 난 예전에 음악점역사였고 아직도 음악점역사이며 이 일을 알게 되어 참 감사하다.

러로이ㅓ 어ㅣ잉락 ㅣㅓ넝이라ㅣ 걸 ㄴㅇㄹㄴ라어

이 말은 키보드로 '나는 음악점역사입니다'를 친 것이다. 점역 일을 그만둔 지 5년이 되어가지만 애써 기억하지 않아도 아직도 내 손이 점역을 기억하고 있다. 내가 처음 점역을 시작했을 때 "반짝반짝"이는 일을 하고 싶다는 다짐과 함께…. 어느 형태로든 어두운 곳에서든 밝은 곳에서든 반짝이는 일을 하며 살고 싶다.

나는 오늘도 꿈을 꾼다

자주 듣는 음악이 있다. 서영은의 <꿈을 꾼다>.

꿈을 꾼다.
잠시 힘겨운 날도 있겠지만
한 걸음 한 걸음
내일을 향해 나는 꿈을 꾼다.

서영은 가수가 부르는 이 노래를 들으며 나의 꿈과 열정 도전들에 대해 깊이 생각해 봤다. 나는 이 노래를 부르며 공감할 수 있는 삶을 살아가고 있을까? 나의 몇 년을 돌아보았다. 그중에 이 도전도 포함이라고 하면 나도 이 노래를 부르며 즐길 수 있겠다고 생각했다!

"다음 차례 나오세요"

의상을 입고 쭈뼛쭈뼛 나갔다. 그리고 난 금방 그 시간을 즐겼다. 찰칵찰칵 카메라 소리가 신명 났다. 자신 없고 어색한 포즈지만 촬영 기사님의 근육 멋있어! 이뻐! 라는 칭찬은 나를 응원해주고 있었다. 어떻게 끝났는지 모를 정도로 시간이 쏜살같이 지났고 너무 즐거웠다. 나는 늘 멋진 복근을 가지는 상상을 했다.

학창 시절부터 운동을 잘했고 40이 되도록 가까이 했지만, 바디프로필 촬영에는 왠지 자신이 없었다. 그러다 인스타에 한 피드가 올라오기 시작했다. 친한 동생이 듣도 보도 못한 운동을 하는 것이다. 어느 날은 역도를 어느 날은 철봉을…. 뭐 저런 운동을 다 할까 생각했다. 그리고 너무 힘들다고 하는 동생에게 물어봤다.

"그렇게 힘들어?"
"체험해 봐. 언니"

동생의 제안에 바로 체험신청을 했다. 동생이 운동하는 곳이 우리 카페에서 제휴를 맺고 홍보하는 곳이라 부담 없이 신청했다. 처음 체험하던 날 너무 힘들었다. 숨이 턱턱 막히고 땀을 비 오듯 쏟아냈다. 그런데 그 땀이 너무나 희열이 있었다! 그래서 바로 등록했다. 코로나 동안 집에서 스피닝을 하고 있던 터라 체력엔 자신이 있었는데 나를 이렇게 극한까지 끌어주는 운동에 뭔가 승부욕이 불타올랐다.

등록을 한 후 갈 수 없는 날은 빼고 최대한 운동을 나가기 시작했다. 크로스핏이라고 불리는 운동이었다. 어렸을 때부터 좋아하던 철봉운동도 있었고 내가 평생에 들어볼 일이라곤 없다고 생각했던 바벨을 들고, 벽에 물구나무를 선 날도 있다. 운동을 시작하고 나니 그 순간만큼은 운동을 잘하는 친구가 매우 부러웠다. 난 하지 못하는 동작을 쉽게 해내고 들지 못하는 무게를 쉽게 들 수 있는 그녀들이 멋있었다. 동작 하나하나를 눈여겨보고 물어보며 익히기 시작했다. 가장 많이 하는 운동이 철봉과 맨몸 운동이다. 그중 달리기와 줄넘기는 내가 특히나 자신 있는 종목이었다.
초등학생 때 육상부, 그리고 중학교 때 오래달리기 학교 대회 1등. 그리고 줄넘기는 고등학교 3년 내내 아침마다 2~3천 개씩은 넘고 등교했다. 20대 때에도 늘 8킬로를 뛰었다. 하지만 오래전의 운동능력이었고 처음에 2단 줄넘기는 10개만 해도 숨이 찼다. 내가 그렇게 좋아하던 철봉운동은 두 손으로 매달리는 것만으로도 벅찼다. 그런데 밴드도 걸지 않고 풀업을 해내는 모습! 욕심이 나서 틈이 날 때마다 연습했다.

그러길 수개월…. 그렇게 당겨지지 않던 몸이 붕~ 하고 뜨더니 풀업에 성공한 날이 왔다.

어제까지만 해도 되지 않은 동작이 갑자기 된 것이다! 처음 붕 떠올라 얼굴이 철봉 위를 넘었을 때 내려오고 나서 난 환호를 했고 친구들이 같이 소리쳐주었다. 매일의 노력이 빛을 발한 그날! 아직도 그날의 기분이 생생하다. 이렇게 저렇게 재미있게 운동하고 있을 때 매니저님이 바디 프로필 2기를 모집한다고 해보라고 했다. 그래! 복근 한번 가보자! 별 고민 없이 신청했다. 사실 하다가 못할 수도 있다고 생각했지만, 시작은 해보자. 이번에 안 하면 못할 수도 있다는 생각이 들었다. 많은 고민 없이 하길 잘했다는 생각이 들었다.

마라톤 또한 언젠간 한번 해봐야지 생가만 하던 작은 계획 중 하나였는데 이번에 완수할 수 있게 된 것이다. 바디프로필을 준비하는 과정 중에 김포시에서 주최한 마라톤 대회가 있었고 우리 짐(gym)은 마라톤 대회에도 단체로 참가하게 되었다. 당연히 함께했고 내 생에 처음으로 5킬로 마라톤을 완주하고 메달을 받았다. 그 뒤 6개월, 나는 한 스튜디오에서 내가 고른 멋진 의상들을 입고 내 인생 최고의 몸 상태에서 내가 피땀 흘려 만든 복근과 팔 등의 근육을 뽐냈다. 나 자신이 기특해 한껏 자랑스러워하며 그 시간을 즐겼다. 가만히 서 있어도 드러나는 근육들이 그렇게 이쁠 수가 없었다.

　과정은 쉽지 않았다. 코가 골절되는 교통사고가 나
한참 몸을 만드는 중 3주간 병원에 입원했고 그동안
근육을 잃지 않고 체력을 잃지 않기 위해 나 혼자만
의 병원에서 식단을 했다. 촬영 일자가 갑자기 바뀌
어 미리 잡혀있던 강의 일정도 조정해야 했다. 신랑
과 아이가 아플 때 나는 감기에 옮지 않기 위해 간호
하며 혼자 열심히 비타민을 먹었고 아침에 크로스핏,
저녁에 집에서 스피닝 두 타임 이상 일과 육아를 병
행하며 시간을 보냈다.
　그리고 마침내 기다리던 메일이 도착했다. 내 바디
를 촬영한 사진들이었다. 사진을 신랑과 함께 고르던
시간이 참 좋았다. 나의 꿈을 도전하고 이뤄가는 데
있어 내가 느낀 것은 함께하는 사람들이라는 것이다.
함께 도전하던 바디프로필 운동 친구들, 먼저 촬영한
친구들의 아낌없는 조언과 응원, 그리고 마지막으로
내가 운동에 시간 날 때마다 투자할 수 있도록 아이
를 봐주고 운동가라고 지원해 주던 나의 편 우리 신
랑. 나의 꿈을 도전하는 시간에 내 주위 사람에 대해
서도 돌아볼 수 있는 시간이었던 것 같다. 내가 해보
지 않은 것을 해본다는 것은 두렵기도 하고 실패에
대해 무섭기도 하다. 하지만 지금은 그 말이 떠오른
다.

기시미 이치로의 <아무것도 하지 않으면 아무 일도 일어나지 않는다> 책 제목이 생각난다.

내가 운동하기로 마음을 먹었지만, 체험신청을 하지 않았다면, 짐(gym)에 등록하지 않았다면 바디프로필을 하기로 마음먹고 도전하지 않았다면, 그리고 그것을 위해 노력하고 뛰지 않았다면 내 인스타에 자랑스럽게 프로필 사진으로 등록된 이 사진은 남길 수 없었을 것이다. 그리고 그 과정 중에 멋진 친구들이 생겼고, 언제가 뛰어보자 했던 마라톤도 달릴 수 있었던 기회가 생기기도 했다. 무슨 도전이든 상관없다. 마음먹기로 생각했다면 두려움으로 멈칫하기보다는 먼저 한 발을 디디면 어떨까? 내가 진짜로 그 일을 해보기 전에는 내가 실패할지 혹은 성공할지는 아무도 알 수 없으니깐. 결과와 상관없이 많은 부수적인 것들을 얻을 기회가 될지도 모른다.

바디 프로필 촬영 하나로 실패와 성공을 운운하는 것이 어쩌면 조금은 가소롭게 보일지도 모르겠지만, 내 인생에 꼭 이루고 싶었던 복근을 가져봤고, 이 일을 시작으로 나는 크로스핏 코치 레벨 1 자격증을 올 2월에 취득하면서 스피닝 웰니스 코치라는 네임명을 올해 4월에 얻을 수 있었다. 친구의 제안에 나는 수긍하고 바로 실행으로 옮겼다. 이것은 내 인생에 또 하나의 즐거움을 준 일이었다.

혹시 바디프로필을 꿈꾸는가?
그렇다면 내일로 미루지 말고 지금 당장 운동을 체험해 보고 도전해 보라고 말하고 싶다. 나에게 응원과 격려를 부탁한다면 온 마음을 다해 응원해 줄 것이다!

우리는 왜 선재에 열망하는가!

"저런 남자는 세상에 없어"
"선재 반만 해봐~"

한마디 하며 무심하게 옆을 지나간다. 들은 체 만
체했다.

며칠 전부터 보기 시작한 드라마이다.
<선재 업고 튀어>는 요즘 핫한 드라마다. 맘카페에
서도 꽤 유명하다. 선재를 사위 삼고 싶다는 글, 선재
꿈을 꾼다는 글…. 선재 때문에 설렌다는 글….
선재가 그렇게 좋은가? 뜨거운 관심속에서도 드라
마 보기를 선뜻 시작하지 않았다. 선재 업고 튀어가
방송하는 날이면 어김없이 방송시청 후기들이 올라온

다. 아직은 해피엔딩이 아닌가 보다…. 하며 방송 후기를 보고 시작하지 않았다. 그리고 얼마 후 해피엔딩이라는 소리를 들었다. '그 후에야 나는 이 드라마는 나중에 아껴놨다가 봐야겠다' 싶었다.

　나는 해피엔딩이 좋다. 열린 결말도 싫고, 새드엔딩은 더더욱 싫다. 그래서 많은 드라마가 한창 들썩할 때도 바로 시청하지 않는다. 고단하고 하루하루 버거운 삶 속에 새드엔딩의 드라마를 보면서까지 감정을 소모할 자신이 없다. 내 기억에 남은 가장 안타까운 영화의 엔딩은 '이프온니'였다.
　사랑하는 연인을 살리기 위해 수많은 하루를 반복하다 결국 자신의 희생으로 연인을 살린다. 말이 되는가!! 싫다. 이런 결말이라니. 내가 없는 그녀의 삶이라니!! 나는 그 영화를 보고 충격에 빠졌다. 왜 이런 엔딩을 해! 차라리 서로의 사랑을 확인하고 입맞춤이나 결혼을 하거나 가족들과 함께 있는 엔딩이 좋다.!! 함께하지 못하는 삶으로 엔딩을 하다니!!! 괜히 봤어!!! 하고 후회했다. 감독은 이게 해피엔딩이라고 생각하는가! 왜 이런 결말을 내놓는 거야!!! 나는 화가 났다. 아직도 나는 로맨스를 꿈꾸는가 보다.
　하지만 인생은 영화와 같은 해피엔딩은 없다. 아마도 내 인생이 해피엔딩일지. 새드엔딩일지.. 아직 어떤 결말이 될지 모르는 열린 결말을 안고 쭉 살아가는 느낌이다.

연애 이후, 결혼하며 자식을 낳고 남은 인생을 살아가는 일들이 더 숙제이다. 영화에서 같은 해피엔딩의 끝맺음은 존재하지 않는 듯하다. 많은 이들이 결혼 후 이별하기도 하고, 많은 갈등 속에 살아가고 있다. 하지만 영화나 드라마 속의 결혼하는 순간만큼 이 사람과 어떻게 난의 인생이 펼쳐질까…. 저 드라마의 끝에 주인공의 행복한 웃음 뒤 그 먼먼 훗날은 여전히 웃고 남아있을 거라는 나의 상상을 남길 수 있기에 나는 해피엔딩을 여전히 좋아한다.

현실에서의 사건과 사건을 겪으며 매 순간을 혼자 되돌려본다. 나만이 가지고 있는 과거로 돌아가는 시계가 <선재 업고 튀어>처럼 나에게 있다면 나는 어떤 순간을 되돌릴까? 라는 생각이 들었다.

삶은 매 순간 선택과 후회의 연속이다. 내가 아이를 낳고 휴직 이후 회사 복귀가 두려워 엄마 집에 들어오지 않았더라면…. 신랑이 지주택 조합에 가입한다고 했을 때 싫다고 좀 더 생각해 보자고 말렸더라면. 살고 있던 빌라의 도시개발사업에 동의하지 않고 그냥 그 집을 팔았더라면…. 내가 중도금을 넣지 않고 버텼더라면…. 그냥 신랑이 몇 년 전 봤던 그 집이 조금은 부담스럽더라도 그냥 분양받아보는 건 어땠을까 하고 말이다. 제안했을 때 빚이 두려워 망설이기보다 과감하게 질렀더라면…. 지금보다 상황이 조금 나았고 내가 더 행복했을까…. 하는 질문을 하루에 수십 번도 한다. 하지만 이미 지나간 일이고 바뀔 수 있는 결과가 아니다. 하지만 그때 하지 않았더라면 이라는 생각은 하루에도 수없이 들고 나 자신의 선택에 자신이 없어지고 또 후회로 가득할까…. 하는 걱정이 밀려올 때가 많다. 이 생각은 하기 시작하면 온종일 나를 무력하고 우울하게 휩쓴다. 하지만 난 오늘을 살아가야 하고 후회들로 하루를 허비하기 싫다는 나의 또 다른 생각이 나를 정신 차리라고 일으킨다.

그래서 나는 창고를 하나 만들었다. 답답하고 견디기 벅찬 일들을 담아놓고 잠갔다. 받아들이기 힘든 현실과 혹은 잊고 싶은 과거 떠올리기 싫은 현실들을 이 창고에 차곡차곡 쌓아두고 잠가 버렸다. 아무리 생각해도 답이 안 나오는 것들을 되뇌고 싶지 않은 것이다. 하지만 나의 이런 노력에도 불구하고 이 창고가 열리는 날이 있다. 필사적으로 창고를 두 팔 벌려 막는다. 나는 견뎌내고 이겨낼 수 있다고 자신을 다독이며 그 문틈으로 삐져나오는 생각들을 밀어 넣는다. 이 방법이 옳은 걸까? 내가 잘하고 있는 것이 맞나 하는 생각이 들 때도 있다. 하지만 내게 남은 방법은 이렇게 견디는 것밖에 없다. 나 말고도 우리는 모두 하루에도 수많은 문제를 겪으며 선택하며 수도 없이 마음을 다지며 살아가고 있으리. 하루가 버거워 예전에 열정적으로 좋아했고 설레했던 지금 옆 사람한테 지금은 느끼지 못하는 그런 감정들이 아쉽다.

살면서 겪은 모습들 그리고 우리가 주고받은 말과 상처들 때문에 앓고 있었던 그런 감정들이 문득 그리워졌다. <선재 업고 튀어>를 보며 첫사랑의 추억, 중간사랑, 지금 사는 옆 사람과의 풋풋한 그 설렘을 그리워 해본다. 드라마의 한 장면이 생각난다.

잠든 임솔이를 보며 손의 크기를 맞대보고 혼자 두근거리는 선재의 모습을 보며 내가 미소 짓고 있었다. 선재를 지키기 위해 그 무엇도 두려운 것 없이 온 맘과 자신을 내던지는 솔이의 모습에 사랑에 대한 열정을 느낀다. 몇 번이고 과거를 되돌아가며 선재를 살리려는 모습에…. 그를 잃지 않기 위해 밀어내는 모습에 사랑에 대한 열정을 느낀다.

친구들과 가끔 이야기하며 이제 연애 세포가 죽었다고…. 농담들을 한 적이 있다. 그런데 그런 선재와 솔이의 모습을 보며 요동치는 내 마음은 연애 세포가 죽은 것이 아니었다. 나이가 30이든 40이든 50이든 60이든 나는 이런 드라마들을 보며 계속 설레하고 함께 울고 가슴이 찌릿한 경험을 계속할 수 있는 것만 같다. 나의 모든 감정은 살아있다. 내가 만든 창고 안에 설마 이런 감정들도 같이 넣어버렸나? 옆 사람에게 느껴야 할 설렘과 사랑을 드라마 속의 남주한테 대리만족하고 있으니 말이다. 예전부터 사랑은 의리라고 생각했다. 언제고 힘든 날이 올 때도 지켜야 하는 의리…. 그런데 어느 감정도 느끼지 못하는 상태에서 의리만 지키려고 한다면 너무 슬프겠다…. 라는 것이 지금의 생각이다.

꺼내어 본다. 다정했고 열정적이었던 그 시절을…. 매일 마주해서 당연한 듯하지만 같은 말이지만 다정히게 건네본다. 응답은 그 역시 다정함이다. 반복되는 일상이지만 옆 사람의 말투나 말 한마디는 그날 종일의 기분을 좌지우지한다. 마찬가지일 것이다. 나의 다정함이 옆 사람의 하루를 조금은 더 밝게 해 줄 것이다. 상대방 탓 말고 나에게서 문제를 찾고 해답을 찾아본다. 다정한 말투와 밝은 표정으로 오늘을 대해본다. 연애 6년 결혼 9년, 20대 후반부터 40대 초반까지 함께 겪었던 힘겹고 화나고 가슴 답답한 일들은 지금의 옆에 그 사람과의 추억이자 같이 걸어온 일이다. 그리고 지금 앞으로 겪을 일들 또한 몇십 년 후 우리의 추억과 길이 될 것이다. 함께 지내 온 좋은 시간을 소중하게 생각하고 우리의 아이가 건강하고 이쁘게 성장하는 모습을 보며 우리는 또 함께 행복해할 것이다. 우리가 또 어떤 일을 겪으며 내 창고 안에 그 고통을 집어넣더라도 그 안에서마저도 우리는 함께일 것이다.

"우리 서로 다정해지자" 손을 걸고 약속해본다. 우리는 아직 서로에게 최선을 다하고 잘 살아가고 싶은가 보다. <선재 업고 튀어>에서 선재가 날 설레게 했고 두근거리게 했고 웃음 짓게도 했지만 조금만 지나면 또 다른 드라마를 보면서 또 그 남주에게도 느끼겠지만 내 인생의 진짜 남주는 옆 사람일 테니까.

아직 결말을 다 보지 못해 곧 드라마를 보기 시작하면 옆 사람이 또 한마디 하겠지….
그러면 이렇게 받아줘 볼까 한다.
"그래도 선재보다는 너지~"
아마도 웃으면서 옆에 있지 않을까?
우리 오늘도 서로에게 다정해져 보자…. 내 옆 사람.

아시나요

아시나요……. 미성의 목소리로 뭇 여고생의 마음을 사로잡았던…. 조성모의 2000년 9월 발매한 어마어마한 노래였다.

나는 밀레니엄 세대이다. 이제 고작 40대 중후반의 우리 세대. 하지만 겪을 만큼 많은 변화를 겪고 변화 속에서 살고 적응해온 세대이기도 하다. 국민학교에 입학해서 초등학교를 졸업한 세대, 뒷산에서 나무와 솔방울을 주워다가 교실 난로를 떼고, 난로를 청소하는 주번이 있던 세대, 수업 시간마다 고구마와 감자를 난로에 구웠다가 쉬는 시간 친구들과 선생님과 까먹었던 세대, 나무 교실 바닥에서 생활한 덕분에 때마다 걸레를 가져가 책걸상을 다 한쪽에 밀어두고 다

같이 마룻바닥 광내기에 최선을 다했던 세대. 매일 밤 연탄을 가는 엄마의 모습을 보다 이제는 보일러 온도조절을 하는 세대. 슈퍼마켓과 집 앞 가게에서 물건을 사다 대형마트, 인터넷, 홈쇼핑, 그리고 제조회사와 직거래 방식으로 물건을 구매하는 세대. 집 전화와 공중전화가 익숙해 동전과 공중전화카드, 수첩을 들고 다녔고 수많은 전화번호를 외우고 다녔다. 삐삐의 음성메시지를 확인하기 위해 쉬는 시간마다 학교 공중전화에 줄을 섰고 시티폰 핸드폰을 지나 스마트폰 하나면 웬만한 일은 다 할 수 있는 세대. 워크맨에서 CD 플레이어, MP3플레이어를 하나씩은 가져봤던 세대, 소리바다를 거쳐 지니와 멜론 이제는 유튜브 음악을 누리고 있는 세대. 학력고사에서 수능시험으로 바뀐 시험을 치른 세대. DOS를 학교에서 배웠지만, 지금은 윈도 11을 만지는 세대. 천리안을 통해 연재되었던 엽기적인 그녀, 늑대와 키스를 등의 소설을 읽었다면 지금은 밀리의 서재에서 e북을 구독하며 책을 읽고, GPT와 대화하고 있는 세대.

그 누구보다 빠르게 변화하는 시대에 적응하고 그 모든 문화를 즐기며 또 새로운 것을 누리고 있는 세대가 바로 지금 내 또래가 아닌가. 아날로그에서 디지털 기술과 인터넷 발달을 경험했던 우리는 혹자는 축복받은 세대라고 한다.

2002년 월드컵 4강 신화를 눈앞에서 보았고, 거리 응원이라는 새로운 문화를 만들어갔던 우리 세대! 대부분의 밀레니엄 세대는 대학생이 많았었기 때문에 그 시간을 열정과 환희로 즐길 수 있었을 테니깐. 우리의 모든 변화를 나는 그 시절 유행했던 노래와 함께 기억한다.

"오 필승 코리아~~"

가수 윤도현의 가슴 뚫는 목소리와 함께 이 노래만 시작되면 아직도 이십 년 전의 그 뜨거운 응원 열기 속으로 빨려 들어가는 기분이 든다.

R.ef 의 <이별 공식> 첫 줄만 생각하면 중2 때 나의 독서실 생활이 떠오른다. 라디오에서 흘러나오는 소리를 워크맨에 녹음한 뒤 몇 번을 반복하며 가사를 받아적어 외웠던 기억이 아직도 선하다.

H.O.T의 <Candy>를 들으면 중학생 시절이 떠오른다. 젝스키스 팬인 친구와 함께 잡지를 사서 에이치오티 사진은 내가 젝키 사진은 네가 라며 칼로 잘라 사이좋게 나누던 우리, 행여 싸우거나 서로 서운하게 한 날은 잡지에서 서로가 좋아하던 연예인 사진을 찾아 공백에 미안한 마음을 써 내려가며 화해했던 시간…. 그때 그 친구와 연락이 닿지 않아 참 아쉽다….

윤미래의 <T>를 들으면 고등학교 때 노래방에서

열창하던 내 절친과의 추억들이 생각난다. 학생 출입이 가능했던 등촌동의 조그마한 노래방. 그리고 그 옆의 '두리랑' 호프집 치킨이 맛있던 집인데 고등학교 때부터 치킨을 먹으러 종종 갔다. 그리고 드디어 수능을 치르고 당당하게 주민등록증을 보여주고 술을 시켰을 때 사장님이 축하한다며 축하주를 주었던 곳. 치맥을 하며 두리랑에서 흘러나오는 노래를 흥얼거리던 우리···. 20대 후반까지도 우리는 늘 그곳을 아지트라고 불렀다. 금요일 저녁이나 시간이 날 때 늘 모이던 곳이었는데 어느 날 두리랑이 없어졌다···. 우리의 아지트가 사라지자 우리가 함께 보낸 소중한 추억도 사라진 것 같은 진한 아쉬움이 남았다.

임창정의 <늑대와 함께 춤을> 들으면 고2 때 친한 친구들과 친구의 친구와 함께 다 같이 흰옷을 입고 그때 유행했던 콜라텍에 갔던 일이 떠오른다. 흰옷에 조명이 반사되어 푸르른 빛을 내는 것이 신기했고 늑대와 함께 춤을 노래가 흘러나올 때 마지막의 "사랑이야"를 떼창 하며 하트를 남발했던 그 날의 기억. 딱 한 번 가본 곳이지만 음악과 함께 내 기억 속에 여전히 살아있다.

음악과 추억을 논할 때 절대 빼놓을 수 없는 것이 있다. 바로 싸이월드이다. 친구와 1촌 맺는 재미. 친구의 친구를 파도 타고 넘어가 1촌을 맺는 재미도 있었지만, 무엇보다 내 작은 미니홈피에 수많은 사진과 음악으로 가득 채워놓았던 가상현실에서의 내 공간이 생겼다는 것이 좋았다. 기분과 감정을 배경음악으로 바꾸어 표현하고 당시의 기분을 그 공간에 방문하는 이들에게 알릴 수 있었다. 내 입으로 차마 말은 다 못할 그 수많은 감정은 노래를 타고 흐른다. 나는 음악을 재생하기 위해 기꺼이 도토리를 주고 음악을 구매했었다. 그렇게나마 기분을 공감받고 위로받고 응원받고 싶어서였을 거다. 싸이월드 사이트가 닫히던 그 날 많은 우리가 너무나 아쉬워했고 슬퍼했다. 내 공간이 사라지는 느낌이었다. 나뿐만 아니라 많은 이들이 그랬을 것이다.

이십 대 어느 날 친구들과 갑자기 여행을 떠난 적이 있다. Eagles 의 <Desperado> 노래를 들으며 창밖의 바람을 맞으며 도로를 달렸다. 난 지금도 여행을 갈 때면 내 플레이리스트에 데스페라도를 넣어둔다. 나의 모든 시간은 음악과 함께 흐른다. 기억도 음악과 함께이다. 그 시절의 듣는 음악은 전주가 흘러나오기만 해도 나를 빠르게 그때로 데려가 버린다.

럼블피쉬의 <비와 당신>은 가슴 시린 사랑을 하고 매일 들으며 이별의 아픔 속으로 더욱 깊게 빠져들게 했던 음악이었다. <사진을 보다가>, <벌써 일년>을 친구들과 함께 노래방 가서 부르며 울고 부둥켜안고 위로받았던 그 시절….

Sg 워너비의 <라라라>. 새로운 사람과의 달달한 썸을 탈때도 마찬가지로 음악과 함께였다. 전화기 너머 그의 목소리가 참 좋았다. 지금의 남편이다. 이 노래는 우리 부부의 애창곡이 되었다. 나는 대부분의 기억을 그때 들었던 음악과 함께 공유하고 있다.

나는 지금도 유튜브가 추천해주는 알고리즘의 음악을 들으며 이 글을 쓰고 있다. 어쩌면 내가 좋아하는 취향의 노를 이렇게 맞춤으로 알아서 재생해 줄 수 있을까? 예전 소리바다에서 음원을 다운 받아 30곡밖에 들어가지 않는 용량 때문에 선곡의 선곡을 해 노래를 듣고 다녔던 시절 생각에 피식하고 웃음이 난다. 그땐 정말 부지런했었네…. 라는 생각이 들었다. 음악을 듣고 찾는 일에 나는 진심이었다.

"돌아보면 너무나 아름다웠어. 내 인생에 다시 못 올 순간 들이였어"

갑자기 GOD의 <사랑해 그리고 기억해> 가사가 떠오른다. 아무리 세상이 빨리 변하고 시간이 흘러도 우리들의 기억은 어떠한 형태로든 남아있을 것이다. 난 며칠 전 엄마와 온종일 음악을 들으며 우리의 추억을 하나 쌓았다. 평소 좋아하시던 복면가왕 프로그램 방청 신청을 해서 함께 참여한 것이다. 친구들과 음악으로 많이 나누었던 추억을 엄마와 해보았다. 오랜만에 엄마와 손을 맞잡고 노래에 맞춰 손을 흔들고 음악 이야기를 했다. 80년대에 나고 자라며 음악과 가까이할 수 있었던 것이 참 축복이라고 생각한다. 내가 많은 변화를 겪으면서도 지금은 좋은 추억으로 안고 갈 수 있었던 것, 음악을 들을 때마다 지나온 시간을 아름답게 추억할 수 있는 지금. 내가 태어난 이 시대가 참 감사하다. 내 모든 남은 시간을 앞으로도 음악과 함께 추억하고 기억하며 소중한 기억으로 잘 간직하고 싶다.

쓰지 않으면 인생은 바뀌지 않는다

4
김희정

항공사에서 지상직으로 18년간 근무하다가
필라테스 강사가 되고 싶어서 그만두고 나왔습니다.
틀에 짜여진 회사생활에서 꿈꾸는 것을 잊고 살다가 이제
다시 꿈을 꾸기 시작했습니다.
지금은 필라테스 강사, 브런치 작가, 그리고 새로운 무언가
를 위해 도전 중입니다.
항상 꿈꾸는 사람이고 싶습니다.

브런치 https://brunch.co.kr/@e3ab20adcc85470
블로그 : https://blog.naver.com/luna_dal52
인스타그램 : https://www.instagram.com/bling_hee

　　쓰지 않으면 인생은 바뀌지 않는다

내가 하고 싶은 일을 한다는 것

나는 사실 하고 싶은 게 없는 사람이었다. 아니 솔직히 말하면 하고 싶은 걸 하고 싶다고 말하지 못하는 사람이었다. 해도 그만 안 해도 그만 딱 그 정도? 그만큼 꼭 해야 하는지도 모르겠고 그게 하고 싶은 건지 아닌지도 잘 몰랐다. 그러던 어느 날, 이렇게 내가 하고 싶은 것도 모르고 입 밖으로 내뱉어보지도 못하고 살다가 죽기 싫었다. 내가 하고 싶은 일들을 하나씩 적어보려고 했다. 적을 수가 없었다. 내 마음이 뭘 하고 싶어 하는지 나 자신이 몰랐다. 하고 싶은 일을 말하는 것은 아주 거창해야 하는 줄 알았다. 입 밖으로 내뱉으면 꼭 해내야만 하는 줄 알았다. 그래서 적을 수가 없었다. 그래서 작은 것부터 적어보기로 했다.

오늘 김치찌개가 먹고 싶다.
커피도 한잔하면 좋겠다.
산책하러 가는 것도 좋겠다.

그러자 하고 싶은 일들이 점점 떠오르기 시작했다. 할 수 있는 일이든, 할 수 없는 일이든 상관없었다. 꼭 이루지 않아도 괜찮다. 드디어 내 속마음이 하는 소리가 들리기 시작했다. 항상 나의 처음은 하고 싶으니까 하자보다는 그냥 '해보자'였다. 그날은 무슨 바람이 불었는지 휴대폰으로 SNS나 보며 시간을 보내던 중에 어느 운동센터의 바디프로필반 모집 글이 눈에 들어왔다. 내가 참 그렇게 행동력이 있는 사람이 아닌데 바로 전화를 걸었고 체험 수업 날짜를 예약했다. 지금 생각해 보면 정말 신기한 것 같다. 그렇게 체험 수업을 진행하고 바로 바디프로필반 6개월 과정을 등록하고 크로스핏이라는 운동을 시작하게 되었다. 고민 따위는 없었다. 일사천리로 이뤄진 일이었다. 특히나 그때는 내가 필라테스 강사 일을 시작한 지 얼마 되지 않은 시기여서 다른 운동에 눈 돌릴 틈이 없는데도 말이다. 그때의 나의 다음 하고 싶음은 '살을 빼고 싶다'였던 것 같다.

바디프로필반 수강 결과를 먼저 말하자면 실패였

다. 물론 살은 빠졌다. 하지만 우리가 생각하는 바디프로필처럼 근육이 선명하게 보인다든지 엄청 늘씬하든지의 결과는 이루지 못했다. 그래서 내가 운동을 그만두었냐면, 그건 아니다. 바디프로필 촬영 이후에 운동의 매력에 더욱 깊이 빠지게 되었고, 잘하지는 못해도 즐겁게 했던 것 같다. 나의 다음 하고 싶음이 생긴 것이다. 이 운동을 더 잘하고 싶다. 또 다른 운동들도 접해보고 싶다. 정말 다행스럽게도 나의 하고 싶음은 그걸로 끝이 아니었다. 점점 커져 나가고 점점 큰 소리를 내기 시작한 것이다. 크로스핏이라는 운동을 시작하고 난 많은 것을 얻었다. 크로스핏이라는 운동은 니에게 좋은 친구들을 만나게 해 주었고, 그냥 흘러가는 대로 살던 나에게 도전 의식과 성취감에서 오는 만족을 느낄 수 있게 만들어주었다. 해보고 싶은 운동이 생기면 일단 경험해 봤다. 그렇게 시작한 운동은 줌바, 폴댄스, 테니스이다.

줌바는 기존에 크로스핏과 함께하고는 있었지만, 크로스핏을 하기 위해 몸에 열을 내는 웜업 정도로만 생각했다. 사실 춤은 젬병인지라 부끄럽기도 했달까? 그다지 적극적으로 즐기지 않았다. 하지만 음악선택이나 수업 스타일이 나와 코드가 맞는 선생님을 만난 후부터는 굳이 시간을 내서 수업을 들으러 갈 정도로 애정이 있었다. 지금 생각해 보면 안무도 거의 다 외우다시피 해서 수업에 참여할 정도로 꽤 열광했던 것 같다. 수업을 들으면서 줌바 강사 자격증도 따볼까? 라는 생각도 살짝 하기는 했지만, 내향적인 나의 기질은 어쩔 수 없기에 에너지 넘치는 선생님의 수업에서만 그 열기를 느껴야겠다고 마음먹었다.

폴댄스는 크로스핏을 하는 중에 정체기라고 해야 할까? 뭔가 실력이 늘지 않는 것 같은 답답함, 흔히 말하는 운태기가 와서 살짝 다른 곳으로 눈을 돌린 운동이었다. 평소에 하고 싶었지만, 폴댄스 특성상 살의 마찰로 동작하는 운동이라 운동 의상 자체가 노출이 많을 수밖에 없었다. 내 몸에 자신이 없어서 미루고 미뤄왔던 나의 하고 싶은 운동 중 하나였다. 뭐 그 당시에도 몸에 자신이 있는 건 아니었지만 운동에 대한 열정이라고 할까? 별로 신경이 쓰이지 않았다. 물론 첫 수업에서 센터에 들어갔는데 비키니만 입고 대기 중이시던 선생님을 뵀을 땐 살짝 당황한 건 사실이다. 선입견이었는지도 모른다. 그런데 수업하고 나서 진짜 색다른 경험이었단 걸 깨달았다. 처음에는 쓰지 않던 부위의 근육을 쓰니 힘도 잘 안 들어갔다. 비록 3부 레깅스를 입었지만, 그조차도 폴을 잡기에 너무 길었다. 폴을 더 잘 타고 싶고 더 잘 배우기 위해서 나는 첫 수업이 끝나자마자 바로 폴웨어까지 구매했다.

"아니 벌써 입을 수 있다고요? 전 폴웨어 입는 데 2년 걸렸어요"

　나에게 늘 폴댄스를 추천해 주고 예찬해 왔던 친구도 깜짝 놀라며 기록용으로 올린 SNS 영상에 댓글을 달았을 정도다. 폴에 매달려서 동작을 만드는 것 하나하나가 도전이었고 내가 가지고 있는 레깅스를 입고 운동하기에는 동작을 제대로 할 수가 없었다. 부끄러움 따위는 신경도 쓰지 않을 정도로 잘하고 싶었다. 수업마다 새로운 동작을 배우고 성공하는 과정은 나의 승부욕을 자극했고 나의 운태기는 이렇게 잘 넘어가게 되었다. 한 가지 폴을 배우면서 가장 걱정했던 점이 있었는데 그건 바로 내가 유난히 멍이 잘 드는 체질이라는 것이다. 역시나 온몸이 멍투성이가 되어서 한 달이 되는 시점 아쉽지만, 일단 수업정지를 하게 되었다. 마찰해야 하는 모든 부위에 멍이 생겨서 수업을 이어 나갈 수가 없었다. 하지만 언젠가 다시 제대로 배워보리라 결심했고 하고 싶은 일 목록에 폴댄스를 적어두었다. 아! 폴댄스와 함께 요가도 함께 적어두었다. 폴을 배워 보니 스트레칭의 중요성을 알게 되었고 요가와 병행을 하면 정말 아름다운 폴이 완성될 것 같았다.

나의 운동 욕심은 여기서 끝이 아니었다. 지금은 테니스를 배우고 있다. 사람마다 본인이 좋아하는 운동 장르가 있을 것이다. 누군가는 축구나 농구 같은 구기 종목을 좋아하고 누군가는 스피드를 즐기는 러닝이나 라이딩을 좋아하고 또 누군가는 정적인 필라테스나 요가를 좋아한다. 나는 달리는 것과 도구를 이용해서 공을 맞히는 운동을 싫어했다. 달리는 것은 숨이 차서 죽을 것 같고, 공은 맞히기 너무 어려워서 싫었다. 심지어 난 왼쪽 발목을 다쳐서 인대가 심하게 끊어진 적도 있고 무릎의 반월상 연골판이 찢어져서 절제 수술까지 받은 적이 있다. 그래서 뛰는 것 자체를 굉장히 피하는 편이었다. 그런 내가 싫어하는 두 가지가 접목된 테니스를 하다니!! 정말 놀랍지 않은가?

　크로스핏을 할 때 나는 함께 운동하는 팀원 중에서 최약체였다. 몸을 많이 사려서일 수도 있을 테지만 함께하는 사람 중에 체력도 스킬도 가장 약했다. 하지만 그렇다고 해서 주눅이 들거나 남들과 비교하진 않았다. 나는 나의 속도로 즐기고 있었으니깐. 어쨌든 나는 나의 운동 수준을 알고 있었다. 아직 멀었다고. 그런데 며칠 전 테니스 코치님으로부터 나의 체력회복 속도가 좋다고 칭찬받았다. 나와 비슷한 시기에 테니스 레슨을 시작하신 분 중에서 백스텝이 되는 사람도 내가 유일하다고 하셨다. 기분이 좋았고 나의 크로스핏 경력은 헛되지 않았음을 느꼈다. 아직도 급하게 방향을 바꾸고 빠르게 달려 나가서 공을 치는 동작은 어렵고 힘들지만, 테니스라는 운동 또한 나의 약한 부분을 강하게 만들어 줄 거라는 기대감이 날 즐겁게 한다. 여러 운동을 경험해 보니 새로운 길이 보인다.

사실 ·다른 운동들이 재미있어서 필라테스가 하기 싫었다. 그래서 소홀히 했고 집에 기구가 있음에도 고가의 장식품처럼 손도 대지 않았다. 이젠 필라테스와 함께 다른 운동을 접목하여 운동을 가르칠 수 있는 강사가 되고 싶다는 새로운 목표가 생겼다. 다시 필라테스에 집중해보려고 한다. 욕심일 수도 있다. 하나에만 집중해도 모자랄 텐데 뭘 이렇게 이것저것 하냐고 뭐라고 하는 사람도 있을 것이다. 욕심 좀 부리면 어떤가? 내가 하고 싶은데. 그럼 해야지. 나는 조금 더 욕심을 내어 본다. 지금은 새로운 자격증에 도전 중이고 언젠가는 나에게 좋은 영향을 준 운동인 크로스핏 코치 자격증에도 도전할 것이다. 크로스핏을 하지 않았다면 지금과 같은 생각을 하지 않았을지도 모른다.

정말 무심코 내가 하고 싶은 일을 시작했을 때 이

어지는 시너지가 이렇게나 크고 긍정적인 결과를 불러일으킨다. 내가 하고 싶은 일을 한다는 것은 끊임없이 도전한다는 것이고 계속 성장하는 것이다. 나는 죽을 때까지 하고 싶은 일을 즐기며 살고 싶다.

하고 싶은 걸 하기 위해 예민함을 버리는 중입니다

하얀 종이, 밥공기, 잘 정돈된 공간. 난 그 상태가 망가지는 걸 극도로 싫어한다. 그래서 다이어리를 사더라도 글을 쓰다가 망치면 어떡하지? 잘못 써서 지저분해지면 어떡하지? 이런 생각으로 언젠가부터 몇 페이지 쓰지 못하고 넘긴 다이어리가 많다. 밥을 먹을 때에도 하얀 쌀밥에 양념이 묻는 게 싫었다. 그래서 꼭 하얀 상태가 남을 수 있게 밥을 퍼먹었다. 공간도 마찬가지이다. 뭔가 망쳐지는 게 싫어서 잘 안 건드리는데 한 번 망가지기 시작하면 완벽한 공간을 만들지 못할까 봐 또 건드리지 못한다. 엄청 깔끔한 체를 하는 깔끔이는 아니다. 그래서 이 상황이 벌어지면 더욱 스트레스를 받는 것 같다. 일종의 강박에 가까운 예민함 때문에 선뜻 뭔가를 시작하지를 못한다.

하지만 운동을 시작하고 1년 반 정도가 되었을 때였을까? 슬슬 운동하다가 다치기 시작했다. 사실 그 전까지는 다칠까 봐 굉장히 몸을 많이 사리는 경향이 있었다. 그래서 뭘 해도 적극적이지 못해서 동작이 잘 느는 것 같지도 않았다. 멍이 들기 시작한 게 처음이다. 여기저기 부딪히면서 온몸에 멍을 달고 살기 시작했다. 그 뒤로는 정강이가 까지기도 하고 손바닥이 벗겨지기도 했다. 처음에는 정말 무서웠다. 아프기 싫은데. 그냥 작은 생채기 하나 나는 게 무서웠는데 별거 아니더라. 멍이 들면 며칠이 지나면 그 멍은 없어지고, 까지고 피가 나도 며칠이 지나면 잘 아문다. 물론 영광의 상처는 살짝 남았지만. 난 뭐가 그렇게 무서웠던 걸까? 아마도 완벽해야 한다는 강박감이 있었기 때문인 것 같다. 좀 틀리면 다시 하면 되고 잘 못했으면 고치면 되는데 실수하는 게 무서워서 항상 소극적이었다. 아직도 많이 머뭇거리지만 이젠 하고 싶은 걸 하기 위해서 나는 조금씩 예민함을 버리기로 했다.

그 첫 번째로 다이어리에 '막 쓰기'를 시작했다. 난 다이어리 말고도 노트가 많은 편이다. 각 노트에는 목적이 분명하게 정해져 있기는 하지만 하나같이 깨끗하다. 내 건데 좀 지저분하면 어떠냐고, 그걸 각 잡고 쓰려고 했으니 내가 나에게 스트레스를 들이붓는 격이었다. 나무를 하나씩 심다 보면 언제가 멋진 숲이 만들어져 있을 텐데 나는 이미 숲을 지정해 놓고 그 안에 아주 멋지고 완벽한 나무들만 한 그루 한 그루 심으려고 한 것 같다. 숲에는 좀 덜 자란 나무도 있고 좀 상처 난 나무도 있을 텐데 말이다. 아직도 난 멋진 나무만 심으려는 습성이 스멀스멀 올라오긴 하지만 그걸 꾹 누르고 다이어리에 막 써보는 중이다. 처음부터 완벽한 완성은 없는 것 같다. 그래서 내 다이어리는 여전히 듬성듬성 빈 곳들이 보인다. 지나간 날짜 페이지에는 이미 날이 지났기 때문에 적을 수가 없었다. 딱 그 날짜에 있었던 일을 적어야 한다는 강박 때문이었다. 이젠 그 공간을 메모장으로 사용한다. 공부할 때 쓰기도 하고, 갑자기 뭔가 생각이 나면 일기처럼 끄적이기도 한다. 그렇게 나는 오늘도 조금씩 나의 예민함을 버리는 중이다. 언젠가 내 노트들이 그냥 편하게 적어 내려가는 내 생각들로 가득 차는 날들이 오길 바란다. 몇 년 뒤에 노트를 꺼내 보면 그 시간 나의 미숙함조차 귀여워 보일지도….

어느 날 우연히 카페를 보다가 글쓰기 수업을 한다는 글을 보았다. 그냥 입에서 흘러나왔다. '나 이거

하고 싶은데'라고 말이다. 요즘은 가끔 이런 내 마음의 소리가 선명하게 들릴 때는 놀랍기도 하고 나 자신이 기특하기도 하다. 그렇게 나의 즉흥적인 도전이 시작됐다. 바로 댓글을 달았는데 작가님이 수업이 가능하다고 답을 줬다. 글쓰기 수업은 일주일에 한 번 가는데 처음에는 너무 어려웠다. 나는 분명 과거에 있었던 일들을 적고 있었는데 어느새 현재의 내 얘기를 하고 있고 또 이미 벌써 먼 미래를 얘기하고 있는 것이 아닌가. 쉽게 말해 횡설수설하고 있는 것이었다. 글이라는 게 읽는 것이든 쓰는 것이든 멀리하게 되면 그 능력치가 줄어드는 것 같았다. 예전에는 블로그도 제법 꼬박꼬박 적을 정도로 글 쓰는 것을 좋아했는데 바쁘다는 핑계로 멀리했다. 책을 읽는 것도 무조건 완독해야 한다고 생각해서 항상 진입장벽이 높았었고, 글을 쓰는 것도 진짜 잘 써야 한다는 생각에 선뜻 첫 글자를 적지 못했던 것 같았다. 하지만 글쓰기 수업을 하면서 마음이 한결 가벼워졌다.

흔적은 절대 없어지지 않는다. 기록하는 일은 모임을 통한 배움과 깨우침을 뇌에 저장하는 것과 별도로 눈으로 확인할 수 있는 작업이다. '참여와 기록'. 이 두 가지는 선순환 역할을 하는 읽기 모임의 핵심이다. 각오와 결심도 좋지만 긴 시간을 함께하려면 기록하는 것이 더 좋다. 한 줄도 좋고, 한 장도 좋고,

더 많이 기록해도 좋다.

　남낙현, <우리는 독서 모임에서 읽기, 쓰기, 책쓰기를 합니다>

　이 글을 읽는 순간 나는 계속 글을 적고 있었다는 것을 깨달았다. 나는 사진과 영상을 찍는 것을 좋아한다. 전문적으로 배우고 전문적인 기술을 가진 것은 아니다. 우리는 1인 1 카메라를 소지하는 아주 편리한 시대를 살고 있지 않은가? 여행이나 특별한 이벤트는 물론이고 일상 기록용이나 운동 기록용으로 항상 사진과 영상을 남겨두고 있었다. 그 영상과 사진들은 편집해서 항상 나의 개인 SNS에 올렸다. 단지 기록용이지만 영상을 편집하다 보면 그 당시에 있었던 작은 일화나 그때 느꼈던 내 생각이 솔솔 떠오르고 난 그 생각들이 사라질까 아쉬워 영상에 집어넣고 있었다. 새하얀 종이에 혹은 새 문서에 하나씩 적어나가는 것은 아니지만 소소하게라도 나만의 글쓰기를 하고 있었다. 새로운 발견이었다. 아! 이런 게 하고 싶다는 것이고 나는 하고 싶은 것을 하는 거구나.

　그래서 일주일에 한 번 가는 글쓰기 수업 시간이 나에게는 참 기분 좋은 순간이다. 책방에 들어서면 벽면 가득히 채워져 정리된 책들을 보면 눈이 즐겁고 조용히 글을 쓰는 시간에는 머릿속이 즐겁다. 글을 쓰고 있으면 시간이 느리게 가는 것 같으면서 빠르게 지나간다. 벌써 수업 시간은 끝났고 난 또 일주일을 기다려야 한다.

선생님은 내가 기분이 좋을 때 글을 적으라고 했다. 첫 번째 수업 후 나는 기분이 좋은 순간이 오기를 기다렸다. 지금이야! 라고 느끼면 글을 쓰려고 했다. 아무리 시간을 기다려도 내가 기분이 좋은 순간을 찾을 수가 없었다. 하는 것도 없이 항상 바빴고 여유가 없다 보니 편안함을 느끼는 공간도 찾을 수가 없었다. 그래서 두 번째 수업하러 가는 날 아침에 아이들을 학교에 보내놓고 잠시 집안일을 미뤄두고 글을 썼다. 그 당시에는 마감에 쫓기는 심정이었을지도 모른다. 근데 예상과 다르게 써지는 게 아닌가. 그렇다. 그 기분 좋은 시간과 기분 좋은 공간은 내가 만드는 거였는데 난 또 혼자 예민하게 바쁘게 사는 나의 현실을 한탄하며 왜 나만 시간이 없는 거야? 라고 툴툴거리고 있었던 거였다.

글쓰기 수업을 듣고 달라진 점을 말하자면 내 생각이 바뀐 것이다. 좋은 타이밍은 누구도 아닌 내가 정하는 것이었다. 머릿속에서만 맴도는 글자들을 시각적으로 적고 보면 머릿속이 비워지는 느낌이다. 항상 복잡했다. 이것도 해야 하고 저것도 해야 하고 할 일은 많은데 왜 이렇게 정리가 안 되는지에 대한 느낌이 답답함을 자아냈다. 이젠 그 생각들을 글로 적어내기 시작했다. 해야 할 일, 하지 말아야 할 일, 오늘 있었던 일들, 그중에서 기분이 상했던 일과 기분이 좋았던 일 등등 이런 생각들을 적음으로써 하나하나 정리가 되는 느낌이다. 차곡차곡 내 생각의 책들을 적어나가면 나만의 근사한 책장이 만들어질 것 같다. 기분 좋은 순간은 내 안에 있다. 그냥 두면 내 머리를 더욱 복잡하고 아프게 만들지만 적어내면 정리가 되면서 기분 좋음만 남게 된다.

쓰기, 완벽하지 않아 더 즐겁다.
글을 쓴다는 것은 여러 가지 의미를 지니지만, 나 자신과 마주 앉아 이야기하는 것, 그 과정을 통해 나를 알아가는 것, 이것이 제일 크다고 생각한다.
남낙현, <우리는 독서 모임에서 읽기, 쓰기, 책 쓰기를 합니다>

이 글에 지극히 공감하는 바다. 쓰는 것이야말로 내 생각을 눈으로 보는 가장 좋은 방법인 것 같다. 글쓰기 수업을 들으면서 바뀐 점이 몇 가지 더 있다. 첫 수업을 받으러 갔을 때 수업을 진행하는 책상 위에는 몇 권의 책들이 불규칙하게 쌓여 있었다. 그 당시 내가 가진 느낌을 그대로 표현하자면, 선생님의 책들은 여기저기 많은 낙서가 되어 있었고, 아무렇지 않게 마구 접혀있는 부분도 많았다. 포스트잇도 많이 붙어 있었다. 다이어리조차도 잘못 써서 망칠까 봐 걱정하는 나에겐 얼마나 보기 불편했겠는가? 내가 소장하고 있는 책 중에는 새 책에 끼워져 있는 책 커버조차 벗겨지지 않은 채 보관 중인 것도 많다. 심지어 책에 접힌 자국이 싫어서 페이지를 펼쳐 엎어두는 행동도 하지 않는 나에게는 정말 큰 문화충격이었다. 그나마 책이라는 대상에 허용이 되는 범위는 포스트잇 정도이려나? 하지만 선생님은 책을 많이 활용하라고 했다. 책 한 권을 사서 읽고 내 기억에 남는 한 구절이라도 있다면 충분히 그 책은 그 값을 다 한 거라고. 그러니 기억에 남는 부분은 표시해두고 내 생각도 적어보기도 하면서 활용해 보라고. 조금 어렵다면 포스트잇을 이용해 보라고 하셔서 이젠 내 책에도 포스트잇들이 늘어나고 있다. 나중에는 꼭 책에 밑줄도 그어보고 내 생각도 옆에 적어봐야지.

또 다른 바뀐 점은 독서 방법이다. 아마도 가족들은 내가 책 읽는 모습을 본 적이 거의 없지만 난 정말 책 읽는 것을 좋아했다. 책을 한번 읽기 시작하면 얼마나 두껍든, 얼마나 권수가 많든 상관없이 밤을 새워 가며 끝까지 읽을 정도로 좋아했다. 근데 시간이 없고 체력이 없어지니깐 이런 습관은 정말 독이었다. 난, 이 책을 읽고 싶은데 굳이! 누가 한 번에 다 읽으라고 한 것도 아닌데 한 번에 다 읽을 시간이 없다는 핑계, 밤새워가며 읽을 자신이 없다는 핑계로 책을 멀리하기 시작한 것이다. 꼭 한 번에 완독해야 한다는 혼자만의 강박감이 책을 읽지 못하는 원인이 되어버렸다. 글쓰기 수업을 시작하면 선생님은 항상 책을 먼저 보라고 한다. 여전히 여러 메모와 밑줄과 접혀있는 책들을 주면서 기억에 남는 글귀를 찾아보라고 한다. 첫 시간에는 '아니, 시간도 없는데 저 많은 책 중에서 내가 기억에 남는 부분을 어떻게 찾으라고 하는 거지?'라고 생각했는데 수업 회차가 늘어감에 따라 그 생각은 싹 사라졌다.

처음에는 뭔가 어색했다면 어느 순간부터 그 짧은 순간에도 몰입도가 굉장히 좋아지는 걸 느꼈다. 읽기가 힘든 나에게 새로운 독서법을 알려주었다. 이렇게 읽으면 독서가 어려운 도전이 아니라는 걸 알려주었다.

난 나의 예민함으로 나 자신을 자꾸만 가두고 있었던 게 아닌가 생각이 들었다. 더 많은 것들을 즐기고 해내기 위해서 나의 예민함을 하나씩 버리는 중이다.

18년 동안 다닌 항공사를 그만두고 지금은 백수입니다. (1)

2004년 5월 나는 아시아나 항공에 입사했다. 항공사라는 나의 직장은 그 어느 곳보다 자유로웠다. 그 당시의 나는 꽉 막힌 사무실에서 일하는 게 정말 답답했다. 그래서 항공사는 정말 나한테 맞는 직장이라고 생각했었다. 언제든 친구와 해외로 여행을 떠날 수 있었고, 젊은 나이에는 밤새워서 근무해도 그다음 날 오전 일찍 퇴근하면 하루가 공짜로 생기는 것 같은 스케줄도 좋았다. 일반적으로 아침 9시에 출근해서 6시에 퇴근하는 회사원들보다 훨씬 내가 나은 환경이라고 생각했다.

하지만 결혼하고 출산을 하고 나니 그 생각은 완전

히 바뀌게 되었다. 혼자일 때는 피곤해도 그냥 쉴 수도 있었고 떠나고 싶으면 훌쩍 떠날 수도 있었는데 내가 책임져야 할 가족이 생기고 나니 자유로운 환경은 온데간데없이 그냥 고된 일만 남아있었다. 새벽 3시에 일어나서 출근하는 것도 힘들었고 하루에 12시간씩 일하는 것도 힘들었다. 결혼 전에는 그 외 시간은 오롯이 나를 위한 시간이었지만 결혼 후에는 나를 위한 시간은 쪼개고 쪼개어봐도 만들기가 힘들었다. 스케줄이 정해진 공항 업무는 나의 생활 리듬을 급격하게 망가뜨렸다.

2008년 첫째를 낳고 3개월쯤 되어서 복직했다. 그 당시의 나의 생활 방식은 오전 근무나 올데이 근무인 날은 보통 새벽 4시 반에는 집에서 나가야 했기 때문에 아이를 남편이 오전 7시 반쯤 출근하면서 어린이집에 맡겼고, 오전 근무 끝나면 서둘러 집안 정리 후 데리러 가거나 올데이 근무 퇴근을 하면서 7시 반에 데리러 갔다. 그나마 오후 근무인 날은 내가 아이를 맡기고 집안일을 좀 하고 출근을 할 수 있었지만, 퇴근이 늦어 결국은 근처에 사는 시부모님께 아이를 부탁할 수밖에 없었다. 그게 일상이었다.

JTBC에서 2022년 방영했던 나의 해방일지에서 미정이 한 대사가 난 아직도 머리에 깊게 박혀서 잊히지 않는다.

"못하겠어요.
힘들어요.
지쳤어요.
어디서부터 어떻게 잘못된 건진 모르겠는데 그냥
지쳤어요.
모든 관계가 노동이에요.
눈뜨고 있는 모든 시간이 노동이에요.
아무 일도 일어나지 않고
아무도 날 좋아하지 않고"

아무것도 느끼지 못하고 흘러가고 있는 나의 일상
중에 나의 해방일지라는 드라마에서 저 대사가 내가
그동안 느껴온 모든 감정을 대변해 주는 것 같았다.
극 중에서 미정은 그 상황을 벗어나기 위해 추앙을
선택했다. 나도 무언가가 필요했다. 누군가가 날 추앙
해 주는 일은 모르겠지만 내가 무언가를 추앙할 수
있지 않을까? 무언가에 미칠 수 있지 않을까? 지금
그 당시를 다시 생각해 보면 남편과 내가 하고 싶은
일로 인해서 많이 싸웠었던 것 같다.

2019년도의 나는 진짜 지칠 대로 지쳐있었다. 진짜
이러다가 크게 건강을 해칠 수도 있겠다는 생각이 들

정도로 항상 피곤함에 찌들어 있었다. 거북목과 굽은 어깨는 기본이었고, 체력도 굉장히 약했으며 양쪽 어깨에는 커다란 곰돌이를 한 마리씩 올리고 다니는 것처럼 무거웠었다. 운동이 필요했다. 그 당시 한창 많은 건물에 필라테스 센터들이 생겨났으며 길거리에는 홍보 종이를 나눠주는 사람들이 쉽게 눈에 띄었었다. 그 당시에 필라테스는 꽤 비싼 운동이었기에 그중에서 가장 저렴한 가격으로 홍보하는 필라테스 센터에 전화했다. 우선 체험 수업을 듣고 상담을 진행하기로 하였다. 첫 체험 수업을 하고 나서 난 정말 내 몸을 내가 이렇게 바르게 세울 수 있다는 것을 태어나 처음 알게 된 것 같아 신기했다.

그렇게 나는 필라테스라는 운동을 시작했다. 20살 때 취미로 배웠던 재즈댄스 이후 처음 시작하는 운동이었다. 내 몸의 변화를 직접 눈으로 보고 느꼈고 나는 아주 빠른 속도로 필라테스에 빠져들었다. 진짜 회사에 다니면서 운동할 시간이 나에게 생길까? 라고 생각한 게 무색하게도 난 일주일에 4회 이상 필라테스 센터에 운동하러 나갔다. 1년 이상을 그렇게 필라테스라는 운동의 매력에 푹 빠져서 지내다 보니 나이 마흔이 가까운 나이에 꿈이 생겼다. 필라테스 강사가 되고 싶었다. 나처럼 내 몸을 제대로 못 쓰는 사람들에게 내 몸의 주도권을 찾아주고 싶은 포부가 생겼다. 늦은 감이 있지만 나에게 장래 희망이라는 게 생겼다. 하지만 불행하게도 나는 내 꿈을 좇기에 이미 나이가 많았다. 정말 속상한 점은 이 생각이 내 생각이 아니라는 것이다. 난 늦지 않았다고 생각했는데 주변 사람들은 모두 너무 늦은 게 아니냐고 했다. 심지어 잘 다니고 있는 대기업을 그만두기에는 너무 아깝지 않냐는 것이었다. 또 너무나도 슬프게도 그 많은 사람 중에는 내 남편도 있었다. 내 편이 되어주리라 생각했던 남편은 말 그대로 남의 편이었다.

드라마 대사에서 말한 것처럼 눈뜨고 있는 모든 시간이 노동이었던 그 당시 나는 우리의 생활에 많은 회의를 느끼고 있었다. 무언가 많이 잘못되고 있다는 생각이 자꾸만 들었다. 꿈을 꾸며 사는 건 비단 나에게만 해당하는 일이 아니었다. 나는 내 가족들이 항상 꿈을 꿨으면 했고 항상 하고 싶은 일들이 많았으면 했고 그 꿈을 항상 말로 표현하고 이루며 살았으며 했다. 100세 시대라고는 하지만 젊고 건강한 시기는 정말 금방 없어질 것만 같았다. 남은 인생은 "남들도 다 그냥 그렇게 살아."의 남들처럼 이 아니라 나처럼 살고 싶었다. 그래서 남편에게 우리 좀 더 하고 싶은 일을 하고 살아보자고 말했다. 경제적인 부담도 있겠지만 그래도 우리가 살아있는 것을 느끼며 살았으면 좋겠다고 말했다. 난 내가 그리고 남편이 서로를 위한다는 명목 아래, 하고 싶은 욕구를 억누르고 살고 싶지 않았다. 어찌 보면 충분히 걱정될 수 있는 부분은 있다. 어쨌든 생계가 달려있으니 말이다.

어찌 되었건 월급쟁이의 이점은 내가 일을 뛰어나게 잘하든 못하든 상관없이 매달 월급이 꼬박꼬박 나오지 않는가? 월급쟁이는 크게 두 가지 부류가 있는 것 같다. 모든 일을 열심히 잘해야 한다고 생각하고 온 열정을 퍼부으며 일하는 사람. 그리고 9 to 6 시간만 채우고 가는 월급루팡. 그중에 나는 전자에 속했다.

나는 공항에서 탑승수속 업무, 출입국 업무, 수화물 업무, 외항사 지원업무, 전세기 업무 등 거의 모든 부분의 업무가 가능한 올라운드 직원이었다. 심지어 퇴사하기 전 최근 5년은 근무하던 파트의 직무 강사로 일을 하며 거의 5년 동안 인천공항 탑승수속파트로 전입해 오는 직원들의 대부분은 내가 교육했을 정도였다. 나 또한 내 일에 대한 프라이드가 높았다. 하지만 일이 너무 힘들었다. 성격상 대충이라는 것을 몰랐고 항상 에너지를 바닥까지 다 소진 시킬 정도로 일했기에 퇴근 사인이 남과 동시에 나의 에너지는 완전히 방전되었다. 그렇다 보니 내 생활은 어땠겠는가? 그 힘들다는 육아, 살림? 당연히 손도 못 댔다.

가족들과 잘 살기 위해서 일을 하는 게 아니라 일하기 위해 사는 사람 같았다. 내가 힘들다고 하면 주변 사람들은 나를 이해하지 못했다.

"넌 일찍 퇴근하잖아. 그럼 시간이 많은 거 아니야?"
"넌 평일에 쉬니깐 좋겠다."

난 일찍 퇴근하지만, 일찍 퇴근하기 위해서는 늦어도 새벽 3시 반에는 일어나야 한다. 나도 똑같이 주 5일 근무를 한다. 평일에 쉬는 거? 혈혈단신 나 혼자 살 때는 좋았다. 홀로 할 수 있는 일들이 많았기 때문에. 하지만 결혼과 출산 이후는 상황이 완전히 달라진다. 주말에 출근할 때마다 아이들은 누구에게 맡겨야 하나 걱정이었다. 그 와중에 남편의 일터가 지방으로 바뀌면서 홀로 회사에 다니며 어린 두 아이를 감당해야 했던 2년. 어느 하나라도 실수하면 아슬아슬하게 이어가던 생활의 끈이 끊어질 것 같은 하루하루는 나를 더욱 지치게 했다.

18년 동안 다닌 항공사를 그만두고 지금은 백수입니다. (2)

　잠들기 위해 눈을 감으면서도 다음날 눈뜨면서 해야 하는 모든 일을 계속 생각했고, 눈을 뜸과 동시에 모든 초당 해야 하는 일들을 복기하기 시작했다. 눈 뜨고 있는 모든 시간 동안 다음 할 일은? 또 다음 할 일은? 하나라도 놓치면 무너질 것만 같은 시간이 2년이 넘게 지속됐다. 2년이 지난 뒤 남편은 다시 집으로 돌아왔지만 난 이미 지칠 대로 지쳐 모든 상황이 스트레스였다. 결국, 나는 병원에 다니기 시작했고 우울증약을 먹기 시작했다. 처음 병원을 가게 된 계기는 PMS(월경 전 증후군) 때문이었다. 나는 PMS로 월경 시작 전후로 보름씩 즉, 한 달 내내 가슴 통증을 몇 년 동안 달고 살았다. 그 몇 년 동안은 사실

인지하지도 못했었다. 신경 써야 할 다른 일들이 더 많았기 때문이다. 내가 움직이면서 내 팔에 부딪힐 때조차 너무 아파서 견디기 힘들 정도였다. 그 통증이 우울증 때문인지 몰랐다. 솔직히 호르몬의 불균형. 그것으로 인해 발생하는 통증은 약을 먹어야 한다고 생각한다. 약을 먹고 통증은 금세 사라졌다. 하지만 주변 환경이 바뀌지 않는 것은, 결국 스트레스는 다시 쌓인다는 것이다.

"나 우울증이래. 병원 다니고 있어."
"왜? 잘 지내고 있었잖아."

내가 처음 남편에게 이렇게 말했을 때 남편은 적잖이 놀랐다. 남편의 첫마디가 아직도 선명하게 기억이 난다. 남편은 내가 아무런 불만 사항들을 말하지 않고 지냈으니 그렇게 생각할 수도 있었겠지만 정말 많이 서운했다. 내가 불편하다고 힘들다고 말을 해도 받아들여지지 않는 상황들에 지쳤고, 결국 내가 선택한 방법은 입을 다무는 것이었다. 그렇게 나는 싫은 것도, 좋은 것도, 하고 싶은 것도, 하기 싫은 것도, 아무것도 말하지 않고 안으로 삼켰고 결국은 병이 난 것이다. 나는 6개월 정도 상담을 다니고 병원 다니는 것을 그만뒀다. 괜찮아져서 그만 다닌 것이 아니었고, 아무리 상담을 받아도 상황이 바뀌지 않았다. 그냥 내가 버티든가 때려치우든가 둘 중에 하나 밖에는 방법이 없었다.

　2020년 코로나19로 인해서 공항 업무는 180도 바뀌게 되었다. 처음에는 공항을 이용하는 승객들이 급격히 줄었다. 그래서 처음에는 일하는 게 힘들지 않았다. 오전 피크타임에만 만 명이 넘는 승객들이 몰려오다 부킹이 절반 이상 뚝 떨어졌으니 한가롭지 않을 수 없었다. 하지만 곧 공항은 비상업무 체제에 돌입했고 코로나로 인해서 한 달의 반은 무급으로 쉬어야 했다. 그로 인해 수입은 절반 이상이 줄어들게 되었다. 당장 다음 달에 나의 근무스케줄이 어떻게 될지도 모르는 시간을 계속 이어가게 되었다. 이렇게 공항 현장 근무 인력의 반 이상을 줄였다. 비행 편이 한 시간에 한 플라이트씩 배정이 되었다면 그래도 참 감사했을 것이다. 빈익빈 부익부라고 했던가?
　슬프게도 비행 편들은 몰릴 때는 동 시간대에 서너 비행편들이 몰려서 출발했고, 없을 때는 몇 시간씩 비행 편이 없어서 직원들의 업무를 하지 않는 공백이 생긴 것이다. 바쁜 시간대는 어쩔 수 없이 적은 인력으로 업무에 투입해도 어떻게든 지연 없이 비행기를 출발시킬 수 있다. 물론 그 짧은 시간 동안 직원들의 업무 강도나 피로도는 장난이 아니지만. 하지만 아무리 힘들었어도 관리자들로서는 직원들에게 남은 시간 동안 그냥 쉬라고 할 수 없는 법이다. 그래서 나온 가장 만만한 방법이 직원교육이다.

여러 명의 강사가 있었지만, 무급 혹은 유급 휴직으로 근무 기간에는 강사들이 함께 일하는 날이 거의 없다. 결국, 나는 그 바쁜 피크타임에 고강도 업무를 마치고 그 이후에는 직무교육이라는 업무를 수행해야만 했다. 그뿐이었겠는가? 그 와중에 매달 오는 전입 직원들의 교육까지 진행하다 보니 매일, 하루하루가 강행군이었다. 심지어 휴직 기간에 다른 강사들과 함께 교육 때 쓸 교육자료까지 만들어야 했다. 절대 내인생에 나머지 근무는 없다고 생각했는데 부킹이 역대 최고급으로 줄어든 이 시기에도 나는 퇴근 후 근무와 휴직 혹은 쉬는 시간 업무까지 하고 있었다. 간절하게 워라밸이 필요했었고, 그때 나는 다시 한번 내가 하고 싶은 일을 주제로 남편과 싸움을 시작하게 되었다.

"나 필라테스 강사 자격증을 딸래. 지금은 휴직 기간도 있으니 지금이 아니면 내가 학원에 다닐 수 없을 것 같아."

"안 그래도 지금 수입이 줄어서 힘든데 꼭 지금 그걸 해야겠어?"

내가 하고 싶은 일에 관한 이야기했을 때 남편은 불편함을 드러냈다. 대기업에 취직해서 18년 동안 나오는 월급을 꼬박꼬박 받으며 지내왔기에 나도 절대 내가 다른 직업을 가지고 싶으리라곤 생각도 못 했다. 하지만 계속 그렇게 산다고 생각하니 밝은 미래가 그려지지 않았다. 좀 부끄럽긴 하지만 난 그 당시 큰 꿈을 꿨었다. 필라테스 강사로 아주 큰 돈을 벌 수 있다고. 그리고 우리 가족도 시간 적으로 아주 여유로운 생활을 할 수 있다고 말이다. 나는 꿈을 꿨는데 남편은 내가 그냥 내가 하고 싶은 걸 못해서 삐졌다고만 생각을 했던 것 같다.

하지만 지금 생각해 보니깐 난 왜 그때 당당하게 말하지 못했을까?

맞아! 내가 하고 싶은 거 하면서 살래! 라고. 결국, 나는 완벽한 합의가 아닌 나의 철없는 투정으로 필라테스 강사 자격증을 얻게 되었다. 자격증을 따고 나서도 가끔 대강 수업만 나가면서 나는 1년 정도 회사를 더 다녔다. 내가 하고 싶은 일을 하기 위해서 회사를 그만두는 용기가 아주 조금 부족했었다. 새롭게 일할 필라테스 센터에 정식으로 취직하고 나서야 회사를 그만둘 수 있었다. 새로 다니는 필라테스 센터는 즐거웠다. 하루에 적게는 4시간 많게는 7시간 정도 일했다. 물론 회사에서 받는 월급에는 한참 못 미쳤지만, 내 시간이 있다는 것을 결혼 이후 처음 느끼게 되었다.

시간이 생기게 되니 계획이라는 걸 세울 수 있게 된다. 매주 주말마다 쉴 수 있는 것도 정말 달콤한 일이었다. 공휴일에 명절 연휴에 모두 다 쉴 수 있는 것도 정말 신기했다. 필라테스 센터는 오후에 일해서 오전 시간대가 온전히 비어서 운동을 시작할 수 있었다. 아무 걱정 없이 하루에 2시간 혹은 3시간 정도는 오롯이 나를 위해서 운동할 수 있는 시간이 정말 달콤했다. 1년 정도 오전은 운동 오후는 수업이라는 루틴으로 생활을 했고, 1년 정도 되었을 때 난 다니던 필라테스 센터를 그만두었다. 지역적인 특성상 퇴근 시간대에 서울로 출근하는 나는 엄청난 교통체증을 이겨내야 했다. 눈이 오거나 비가 오는 날에는 더욱 심했다. 결국, 나는 러시아워를 이겨내지 못했다. 40세가 넘은 나이에 퇴사와 이직과 퇴사. 예전의 나라면 정말 생각지도 못했을 것이다. 하고 싶은 일은 꾹 참으며 만성피로와 동고동락하며 계속 그 삶을 이어나갔을지도 모른다.

지금 내가 풍족한 생활을 하는 건 아니지만 크게 바뀐 게 있다면 무엇이든 도전할 수 있다는 용기가

생겼고 언젠가 해낼 수 있다는 희망이 생겼다는 것이
다. 비록 지금은 백수지만 난 계속 도전하는 중이다.
더 큰 꿈을 이루기 위해서 난 계속하고 싶은 일에 도
전할 것이다.

워킹맘이 전업주부가 되기 어려운 이유

백수가 된 지 1년이 넘어간다. 워킹맘에서 전업주부로 잠시 직업을 변경한 지 1년이 조금 넘었다. 조금 쉬어가도 될 텐데 늘 불안하고 초조하기만 하다. 밤마다 생각이 많아지고 그 생각이 하염없이 넘쳐나 불안증세처럼 집 안 구석구석을 돌아다니니 정신마저 사나워져 잠도 잘 오지 않는다.

내가 일을 한 기간은 항공사에서 18년, 필라테스 강사로 1년, 그전에 다른 회사도 다녔으니 총 20년이 넘게 일했다. 그리고 2008년 첫 아이를 출산하고 난 워커에서 워킹맘이 되었다. 그전에 한 가지 다시 생각해 볼 문제가 있다. 난 왜 일을 하느냐는 것이다. 답은 돈이 필요해서. 그럼 돈이 왜 필요하지? 당연히 먹고 자고 입는 데 필요한 것들을 사야 하니깐. 아무튼, 난 우리 가족들이 살면서 필요한 것들이 있고 그것을 장만하기 위해서는 돈을 벌어야 한다는 일념 하나로 일을 해왔다.

워킹맘은 돈을 벌기 때문에. 가족을 위해 돈을 벌기 때문에 일을 그만두지 못한다. 지금 이게 무슨 뜬금없는 소리인가 싶을 거다. 워킹맘이 전업주부가 되기 어려운 이유라고 해놓고 무슨 말도 안 되는 소리를 하고 있는가 싶지만, 워킹맘도 집에 와서 빨래도 하고 청소도 하고 설거지도 한다. 그렇지만 집안일을 한다고 해서 누가 돈을 주진 않는다. 반면, 회사는 나가면 돈을 준다. 그래서 워킹맘은 한 달에 한 번 혹은 보너스가 나오는 달은 한 달에 두 번 정도는 내가 일을 했어! 라고 말할 수 있는 눈에 보이는 결과가 생긴다.

거의 20년을 내가 일하고 대가를 받아왔는데 백수 겸직으로 전업주부를 하는 나는 현재 수입이 없다. 백수이지만 전업주부라는 직업도 생긴 나는 늦어도 매일 아침 7시에 일어난다. 다 큰 아이들이지만 등교시키는 시간은 아직도 정신이 없다. 앵무새처럼 일어나야지. 얼른 준비해야지를 거의 한 시간이 넘게 말하는데 날마다 데자뷰 같다. 그리고 학교에서 오자마자 주면 되는 서류들은 왜 꼭 다음날 바쁜 아침에 꺼내서 사인해달라고 하는지. 자기가 벗어 둔 옷과 가방은 왜 항상 엄마에게 어디에 물어보는지. 아무튼, 아침부터 아이들과 한참 푸닥거리며 등교시키고 나면 그 이후는 더욱 암담하다.

전쟁이 휩쓸고 간 듯 여기저기 널려있는 옷가지들과 물 한 잔 마신 것 같은데 개수대에 가득 쌓인 컵과 그릇들. 딱히 뭘 많이 하는 것 같지도 않은데 쓰레기들은 어찌나 많이 나오는지. 일주일에 한 번 돌아오는 분리수거 날까지 기다리면 정말 집이 쓰레기 더미가 되어버리는 것 같다. 어느 날은 좀 덜 지저분해서 일이 빨리 끝나는 날은 미뤄뒀던 묵은 집안 정리를 또 시작해 본다. 가끔은 정리가 아니라 더 어지럽혀지는 날도 있는 것 같다. 분명히 나는 7시부터 쉬지도 않고 움직인 거 같은데 아이들이 돌아올 시간이 되어 집안을 둘러보면 어제와 똑같은 풍경이다. 정말이지 하나도 티가 안 난다. 간혹 옷이라도 하나 바닥에 떨어져 있으면 더 지저분해 보인다. 온종일 집에서 일했는데 아무 일도 하지 않은 것처럼 보이는 매직이 일어난다.

워커 들은 일을 하면 성과와 실적이라는 결과가 나오는데 전업주부의 일은 뭘까? 자연적으로 되어야만 하는 일을 하는 사람이랄까? 설거지도 청소도 빨래도 다 내가 하는 건데 나 빼고 다른 가족들은 자동으로 뿅! 하고 되는 줄 아는 것 같다. 그리고 안 되어 있으면 혼자만 불편하다. 그래서 요즘 심한 무기력함을 느끼고 있다. 생활비 말고 월급을 받고 싶었다. 전업주부는 정말 힘든 일이다. 그리고 대단한 일이다. 벌써 오늘도 하루가 다 지났다. 내일도 출근해서 일 잘해야지.라고 또 마음을 굳게 먹는다.

백수가 된 요즘의 나는 무기력함과 더불어 자존감이 많이 떨어져 있다. 돈이 인생의 전부는 아니지만, 돈을 벌지 않는 기간이 길어질수록 나는 죄책감이 커져만 갔다. 한편으로는 남편을 탓하기도 했다.

'내가 그동안 일한 기간이 얼만데! 이 정도도 좀만 편하게 쉬면 안 돼?' 이런 불편한 생각을 가지고 쉬면서도 쉬는 게 아닌 백수 생활은 점점 자존감을 바닥으로 내려앉게 하고 자신감도 떨어뜨렸다.

분명 처음 필라테스 강사 일을 시작했을 때는 일이 정말 잘 풀렸다. 대강으로 수업하러 가도 회원님들이 또 언제 수업하러 오냐고 물을 정도였고, 1년 동안 매일 나갔던 센터에서는 일주일에 한 번 있는 나의 그룹 수업은 예약하기가 항상 치열했다. 수업 예약 오픈과 동시에 한 달 치 금요일의 수업은 예약이 꽉 차고 대기하는 회원들이 가득했다. 날 좋아해 줬던 센터는 회원들과도 사이가 좋았고 다른 강사들과도 사이가 좋아서 계속 다니고 싶었지만 딱 하나 거리가 멀다는 게 가장 큰 단점이었다.

퇴근 시간은 그나마 늦어서 차가 막히지 않아서 40분밖에 안 걸렸지만, 오후에 근무하는 나는 다른 사람들 퇴근할 시간에 출근해야 했기 때문에 항상 퇴근 러시아워를 겪어야 했다. 눈이나 비가 오는 날씨에는 편도출근 시간을 최장 2시간까지 늘려주기도 했었다. 나의 자신감이 하늘을 찔렀던 그 시기, 나는 분명 다른 곳을 가더라도 크게 다르지 않으리라 생각했다. 지금 생각하면 자만이었던 것 같다. 그래서 그 자만감을 가득 끌어안고 난 아무런 준비도 해놓지 않고 호기롭게 두 번째 퇴사했다. 하지만 집 근처에서 새로운 센터로의 취직은 쉽지 않았다. 어쩌다 면접이 잘 되어 일을 시작한 센터는 처음 제시했던 조건과 아주 달랐다. 분명 주 5회 하루에 3타임 수업으로 구인을 해서 갔는데 하루에 1타임 수업도 허다했고, 주 2회로 줄이는가 하면 수업 시간도 2타임으로 줄이기까지 하는 것이었다. 연이은 면접 실패로 입사 지원조차 무서워지기 시작했다. 결국, 백수 생활의 연속이었다. 남편이 뭐라고 하진 않아도 돈을 벌지 않는 나를 원망하는 것만 같았다. 어떨 때는 돈을 벌지 않는 나는 가치가 없는가 하는 생각조차 들었다. 점점 사람들을 만나는 것도 싫고 면접을 보러 가도 계속 주눅이 들었다. 필라테스 강사를 하려고 18년 동안 다닌 대기업도 때려치웠는데 지금 뭐 하는 거냐고 모두 나를 나무라는 것 같았다.

이 철책은 웃기지 처음엔 싫지만, 차츰 익숙해지지. 그리고 세월이 지나면 벗어날 수 없어 그게 '길들여진다'라는 거야.

_영화 <쇼생크 탈출> 중

회사에 다니면서 난 항상 내 월급이 일하는 것에 비해 적다고 항상 투덜댔었다. 하지만 어느 순간 나는 매달 나오는 월급이라는 철책에 나를 가두어뒀던 것 같다. 철책을 벗어나서 난 분명 자유를 얻었지만 두려웠다. 수입이 줄어드니 당장 생활이 힘들어졌다. 맞벌이로 살다가 수입이 반토막이 되었으니 당연한 결과였다. 게다가 아이들은 점점 커가니 들어가는 돈도 많고 아이들이 하고 싶어 하는 것도 많아지는데 충분히 만족시켜줄 수가 없게 되었다. 그래서 일단 아무 일이나 해보자고 생각했다. 그 와중에도 필라테스는 놓을 수가 없었다. 내가 하고 싶어서인지 주변의 시선 때문인지는 모르겠다. 분명한 건 난 운동으로 계속 먹고살고 싶다는 거다. 그래서 일단 필라테스는 포기하지 않을 것이다. 그래서 정규직으로 일을 하는 건 무리가 있어 일당을 주는 포장 아르바이트에 지원했다. 그것도 사실 처음엔 쉽지 않았다. 다른 아르바이트 사이트보다는 허들이 낮은 당근마켓에서도 아르바이트를 구하길래 여러 번 지원을 해봤지만, 연락이 오는 곳은 많지 않았다. 항공사와 필라테스 강사 외에는 아무런 경력도 없는 아줌마를 채용하는 곳은 그리 많지 않을 테니깐.

그러다 한 곳에서 연락이 와서 일하러 나갔다. 20살 때 호프집이나 카페에서 알바를 한 경험 이후 첫 알바이다. 어떤 일인지 모르니 긴장되었다. 44살 첫 알바를 한 그곳은 사이즈별로 다양한 지퍼백을 상자에 담고 포장을 하는 곳이었다. 상자를 접는 것은 그다지 어렵지는 않았다. 하지만 엄청나게 빠른 속도로 오랜 시간 동안 해야 해서 손가락과 손목이 아파오기 시작했다. 그래도 어디 가서 일 못 한다는 소리는 듣기 싫어서 아파도 참고 일했다. 이곳에서는 3일 동안 일했다. 이런 곳도 텃세가 있는 건지 이미 베테랑으로 보이시는 분이 분명히 가르쳐주는 것 같은데 자꾸만 뭐라고 하는 듯했다. 아직 손이 익숙하지도 않은데 자꾸만 한 번에 하라고 재촉했다.

"내일 근육통으로 고생 좀 할 거예요"
"약간의 근육통은 즐기는 편이에요"

첫날 퇴근길에 그분 집이 근처라서 태워다주는 길에 오고 가는 대화에서 나는 평소에도 운동하면서 근육통을 달고 살았기에 이렇게 답했다.

다음날 통증이 동반되었다. 이건 근육통이 아니었다. 안 쓰는 부위를 몇 시간 동안 지속해서 썼더니 염증이 생긴 건지 붉게 퉁퉁 부어오른 것이다. 그래도 일은 나가야 했기에 나갔는데 어제 그분이 나에게 "왜? 이건 즐길만한 근육통은 아니었나 보죠?"라고 말을 하는데 그게 그렇게 기분이 나빴다. 어제의 그 대답이 그분에게는 허세로 들렸나? 다행히 마지막 날 함께 일한 태국 직원이 과자 선물과 함께 예쁘다는 칭찬을 연신 해 주셔서 나의 44살 첫 알바 경험이 최악의 이미지로 남지는 않은 것 같다. 그렇지만 다시 생각해도 그분의 발언은 참 무례했던 것 같다.

그 후에 또 다른 업체로 두 번째 알바를 나가게 되었다. 첫 번째 업체에서 불쾌한 경험은 있었지만 그래도 한 번 쌓은 경험은 처음 포장 알바를 나갔을 때보다 마음을 편안하게 해 주었다. 두 번째 일하러 간 곳은 상자를 접고 내용물을 담고 다시 그 상자를 밀봉하는 작업이었다. 크게 세 가지 공정이었기에 같이 아르바이트하시는 분들과 서로 교대로 해가면서 해서 그런지 분명히 엄청 힘든 하루였는데도 할만했다. 특히나 내가 일하는 테이블에 함께 일한 분들이 계속 함께 일해 온 사람들처럼 호흡이 척척 맞아서 진짜 일하는 맛이 있었다. 덕분에 함께 호흡이 잘 맞았던 그분들과는 아직도 가끔 연락하고 지낸다. 나중에 들은 얘기지만 사장님도 세 명이 일을 너무 잘해서 정말 놀랐다고 했다. 이 두 번째 업체는 사장님 내외가 너무 잘해주어서 힘들어도 일을 더 해 주고 싶은 곳이었다. 아쉽지만 일이 계속 그렇게 많은 것은 아니라서 한동안 일이 없다고 나중에 또 일이 있으면 연락을 줘도 되냐는 인사를 마지막으로 일주일간의 두 번째 알바를 마쳤다. 난 바로 경력을 쌓은 자신감으로 바로 세 번째 업체로 일하러 나가게 되었다. 처음에는 당일 아르바이트로 갔었는데 하루 더 부탁해서 이틀 동안 일했다. 일을 마치고 가려는데 다음에 또 구인 글을 올리면 연락을 달라고 하길래 알겠다고 대답하고 돌아왔다.

며칠 후 같은 업체의 구인 글이 올라왔고 나는 연락을 했다. 그래서 나는 또 이틀간 일하게 되었다. 지난번에는 구인 글에 연락을 달라고 했는데 이번에는 퇴근할 때가 되니 내일 또 와 줄 수 있냐고 물어본다. 두 번째 업체와 세 번째 업체에서는 내가 일하는 방식이 마음에 들었나 보다. 이렇게 나는 두 번째 업체와 세 번째 업체에서 인정받았다. 지금은 이 두 곳에서 일이 있으면 연락을 따로 주게 되어 일정이 없는 날에는 이곳으로 일하러 나간다. 난 생각보다 이 일이 맘에 들었다. 단순 반복 작업이라서 힘은 들지만 일단 이 일을 하는 동안에는 아무런 생각이 들지 않아서 머리가 깨끗해지는 것 같다. 그리고 몸이 피곤하니, 내가 진정 일을 한 느낌이다. 마지막으로 가장 큰 소득은 인정받았다는 것이다. 나를 필요로 하고 인정해주는 것을 느꼈다. 그로 인해 텅텅 비었던 자신감과 자존감이 조금씩 차는 것 같다. 누군가의 인정을 받는다는 건 자존감을 회복하는 가장 빠른 방법인 것 같다. 엄청나게 대단한 일이 아니어도 날 인정해주는 한 사람만 있으면 절대 무너지지 않을 수 있는 것 같다. 물론 내가 먼저 움직여야만 한다. 무섭다고 두렵다고 가만히 있으면 아무리 내가 무언가를 잘하는 사람이더라도 알려줄 수가 없다. 나는 그 방법을 알았고 이젠 내가 사랑하는 사람들에게 항상 믿어주고 인정해주는 한 사람이 되고 싶다. 그러기 위해서 일단 행동하려고 한다.

난 아무래도 전업주부는 적성에 맞지 않는 것 같다. 다시 일을 시작하니 활력이 생기는 것 같다. 그래도 난 백수 생활을 하면서 아이들과 함께 한 시간이 늘어서 그게 참 기분이 좋다. 항상 귀찮다고 말하지만, 아이들이 엄마를 찾아주는 소리가 정말 좋다. 엄마를 필요로 할 때 옆에 있어 주어서 참 다행이라고 생각한다. 솔직히 지금은 뒤늦은 육아에 내가 더 안정감을 찾은 것 같기도 하다. 비록 나의 방황의 시간이 동반되었지만. 그 시간 또한 헛되지 않았다. 다시 워킹맘과 주부를 병행할 수 있는 경험치를 쌓았으니 레벨업만 남았다.

　희망은 좋은 거죠. 가장 소중한 것이죠. 좋은 것은
절대 사라지지 않아요.
　_영화 <쇼생크 탈출> 중

　40대 중반이지만 난 여전히 희망을 품어본다. 평생
버리지 않을 것이다. 아직 지치기엔 자유를 즐길 시
간이 너무 많이 남지 않았는가? 살다 보면 힘든 순간
은 또 올 것이다. 나에겐 이제 절대 꺼지지 않을 자
신감과 자존감의 불씨가 있기에 다시 키우면 될 것이
다. 오늘도 난 하고 싶은 일을 한다.

5

문현주

26년 차 광고디자이너. 주식회사 애드필컨버전스의 대표이사를 맡고 있다.

디자인으로 소통하는 것이 참 좋았다. 시각적으로 사람들을 설득하고, 빠른 정보전달을 하기 위해 노력해왔다. 내가 평생 디자인한 것들이 내 주변 곳곳에서 소통의 역할을 했다는 것에 자부심이 있다.

디자인과 함께 웃고 울던 지난날들을 이제는 글로 풀어보려고 한다. 글을 통해 더 많은 사람과 소통하고 내가 알게 된 지혜, 깨달음, 노하우를 아낌없이 나누고 싶다.

블로그 blog.naver.com/moon_contents_
인스타그램 @moon_contents
이메일주소 admhj@naver.com
브런치작가 brunch.co.kr/@admhj

누구나 디자이너다

 딸아이 초등학교 6학년 때 일이다. 학교에서 돌아온 아이가 호들갑이다. 책 표지 디자인 과제를 해야한다며 집에 있는 책들을 죄다 끄집어내 놓았다. 치우지도 않으면서 어지럽히는 신공을 부린다. 초등학생이라 손으로 그리거나 오리고 붙여서 만들겠지? 생각했다. 그런데 컴퓨터로 작업해야 한단다. 초등학생이 컴퓨터로 어떻게 만들지? 학교에서 포토샵이나 일러스트 프로그램을 가르쳐주나? 물어보니 아니라고한다. 그런 프로그램은 배우지 않았단다. 나름 컴퓨터로 디자인하는 엄마니까. 도와줘야 하나 싶어 물었다.

 "엄마가 도와줘야 해?"
 "아니, 학교에서 가르쳐 줄 거야. 미리 캔버스로 만

든대"

그게 뭐지? 새로운 프로그램인가? 요즘 학교에서는 그런 프로그램 교육도 하나 보다. 내 손 안 가도 되니 다행이라 생각하고 격려만 해주었다. 며칠 후, 잊고 있었는데 자기가 한 디자인이라고 보여주었다. A4용지에 컬러프린터로 된 걸 보니 제법이었다. 정말 잘 만들었네. 놀랍고 신기했다. 디자이너 딸이라 소질이 있는 건가? 잠깐 팔불출 같은 생각도 했다. 디자이너들이 사용하는 전문프로그램도 사용하지 않았다. 어떻게 이렇게 만들 수 있지? 미리캔버스가 대체 무엇이길래?

결국, 미리 캔버스 프로그램이 궁금해서 찾아보았다. 인터넷에 검색하니 바로 나왔다. 사용자가 편리하게 디자인 작업을 할 수 있는 웹 기반형 플랫폼이었다. 컴퓨터로 클릭만 잘하면 되었다. 누구나 원하는 이미지와 서체 등을 마우스로 선택해서 디자인할 수 있었다. 작업 후 JPG 이미지로 저장도 할 수 있고 인쇄도 할 수 있었다. 세상이 눈 깜짝할 사이에 변했는데 나만 모르고 있었다. 디자인을 전공하지 않아도, 초등학생도 플랫폼만 잘 사용하면 광고를 만들고 인쇄도 쉽게 의뢰할 수 있다.

이런 변화는 디자인 회사채용에도 영향을 주고 있다. 나는 광고디자인을 전공하고 이 계통에서 일한 지 약 25년 정도 되었다. 지금은 작은 법인 디자인회사를 운영하고 있다. 당연히 함께할 디자이너 채용 면접을 많이 봤다. 그런데 어느 순간부터 비전공자 입사 지원이 많아지고 있다. 비전공자에 대한 선입견도 크지 않다. 일만 잘하면 된다는 생각이다. 몇 년 전에 채용한 디자이너는 회계학을 전공했었다. 사설 학원에서 디자인 프로그램 등을 배워서 지원했었다. 포트폴리오가 괜찮아서 채용했던 기억이 난다. 비전공자였지만 감각이 있는 친구라 웬만한 전공자와 차이가 없었다.

요즘은 채용공고 할 때 디자인 플랫폼을 잘 다루는지 표시한다. 카드 뉴스 등 간편한 작업은 디자인 웹 환경 플랫폼을 이용하기 때문이다. 프로그램 구독 형태로 사용료를 내고 활용한다. 디자인전용 프로그램을 사용하지 않고도 쉽게 디자인할 수 있다. 사진 누끼 따는 것도 전용 프로그램을 사용하지 않아도 된다. 웹 환경에서 쉽게 할 수 있다. 오히려 더 쉽게 할 수 있어 놀랐던 기억이 난다. 물론 이미지 가공 등 제약적인 면이 있다. 제공하는 이미지만 사용해야 해서 표현이 자유롭지 않다. 하지만 단점보다 장점이 더 많다. 약간의 기본 도구만 익히면 다양한 작업을 할 수 있다. 자영업 사장님들도 전단지쯤은 쉽게 만든다. 플랫폼 활용만 잘해도 전문가처럼 작업할 수 있다. 인쇄물도 바로 받아 볼 수 있다. 인쇄소와 연계해서 어렵지 않게 진행할 수 있어 그것마저 쉽다. 남녀노소 전공 상관없이 누구나 디자이너가 될 수 있는 시대다.

이런 변화는 업무관계자에게도 일어나고 있다. 어느 날 메일이 하나 왔다. NH 손해보험에서 진행하는 홍보 행사 디자인 요청이었다. 보통 광고주들은 디자인 업체에 일을 의뢰할 때 기획안을 전달해 준다. 기획안은 한글이나 마이크로 소프트 프로그램을 주로 사용해 작성한다. 하지만 이때는 좀 특이했다. 디자인된 파일이 첨부되어 있었다. 전문가가 만든 건 아니지만 제법 디자인이 되어 있었다. 다른 업체에 먼저 의뢰한 디자인이었나? 맘에 안 들어서 우리 회사에 재의뢰를 한 건가 싶었다. 그런데 광고주가 직접 작업해서 첨부한 거였다. 망고보드라는 플랫폼을 활용해서 만들었다고 한다. 이런 느낌이었으면 좋겠다고 직접 작업해서 보여준 것이다.

몇몇 보험사들이 자사에 디자이너를 고용하고 있다. 그때그때 필요한 디자인 물을 직접 만들어 쓰기 위해서다. 여러 장점이 있겠지만 가장 큰 것이 비용

절감이다. 디자인 전문업체에서는 여러 가지 공수가 들어간다. 그런 부분까지 반영되어 단가가 높을 수밖에 없다. 자체적으로 디자인하니 당연히 비용이 절감된다. 그리고 디자이너가 바로 옆에 있어 수정도 바로 할 수 있다. 즉, 작업시간과 실행력이 빨라진다. 결과물도 나쁘지 않다. 가끔 광고주 측에서 작업한 것을 볼 때가 있다. 콘셉트와 배치 그리고 색감과 서체 등 아쉬운 점이 보이기도 한다. 하지만 다른 사람들과 소통하는 데 문제가 없으니 괜찮은 디자인이다.

사실, 이번에 의뢰한 홍보 디자인을 자체적으로 해보려고 했단다. 하지만 생각한 대로 표현이 잘되지 않아 고민끝에 중단하고 의뢰한 거였다. 아무래도 전공자의 경험은 쉽게 따라 할 수 없는 거니까. 비록 끝까지 작업은 못 했지만, 원고로는 좋았다. 광고주가 어떤 콘셉트를 원하는지 알 수 있었다. 이미지라서 직관적으로 의도 전달이 되었다. 보자마자 알 수 있었다. 비전문가는 디자인적인 요소 표현을 정확하게 못 하는 경향이 있다. 예를 들어 예쁜 파란색으로 해달라고 한다. 그런데 파란색은 수십 가지가 된다. 그리고 예쁜 파랑은 너무 주관적인 색이다. 정말 난감할 때가 많다. 완성된 것은 아니었지만 큰 역할을 했다.

누구나 쉽게 디자인하는 세상. 더는 디자인은 전문가의 전유물이 아니다. 요즘 사람들은 자기 아이디어를 표현하는데 막힘이 없다. 오히려 기성 디자이너들보다 창의력이 돋보이기도 한다. 디자인은 이래야 한다는 고정관념이 없기 때문일까. 요즘 AI로 그림도 그리는 시대인데 정말로 전문가가 필요 없을 것 같다. 이런 사례들을 보면 위기를 느낀다. 하지만 그 나름대로 영역은 존재한다고 생각한다. 생각보다 머릿속에 있는 것을 표현하기 쉽지 않다. 이때 전문가가 필요하다. 인터넷 검색만 잘해도 많은 정보를 얻을 수 있다. 기본적인 디자인 팁 정도를 알면 창의력에 날개가 달리는 격이다. 작업하기가 훨씬 수월해진다.

예를 들어 서체의 감정과 성격을 알고 있다면, 누군가를 강하게 설득해야 할 때 그에 맞는 서체를 쓸 수 있다. 컬러 대비 등을 알고 있다면, 색으로만 강조하는 디자인을 할 수 있다. 이렇듯 작은 디자인 팁으로 내가 원하는 것을 더 뚜렷하게 표현할 수 있다. 혼자서 오랜 시간 동안 고민할 때, 단 한마디로 쉽게 풀릴 수도 있다.

다양한 디자인 플랫폼들이 그것을 가능하게 하고 있다. 쉽고 빠르고 자유롭게 표현할 수 있게 한다. 딸아이가 쉽게 디자인했듯이, 광고주가 자기 생각을 디자인해서 보여주었듯이, 비전공자가 디자인을 쉽게 하듯이. 디자인은 이제 전문가만 할 수 있는 것이 아니다. 누구나 쉽게 디자인하고 소통할 수 있다. 내가 원하는 것을 스스로 창조해 낼 수 있다. 나한테 맞는 플랫폼 하나 정도는 공부해서 활용해 보자. 누구나 디자이너가 될 수 있다.

만약, 열정은 있지만 시간이 없다면? 전문가의 도움을 받는 것도 좋다.

디자이너로 살아가는 이유

거창한 이유는 없다. 홍보는 어떤 시대에서든 꼭 필요한 것으로 생각했다. 그래서 광고 디자이너가 되고 싶었다. 디자인을 전공하면서 인쇄 광고, 잡지 광고, 편집 디자인 등 다양한 교육과정을 배웠다. 졸업 후 진로는 크게 두 가지로 나뉘었다. 기획과 제작이다. 나는 두 가지 다 흥미로웠고 재밌었다. 기획하고 내 손으로 직접 제작까지 하는 게 적성에 맞았다. 그렇게 실습도 하고 졸업전시회도 하면서 나름대로 실무 경험을 쌓아 준비했다. 졸업할 즈음에는 취업하기가 정말 힘들었다. 지금은 아주 옛날이야기가 된 IMF가 그 이유였다. 충무로에 광고 기획사들이 문을 닫기 시작했다. 선배들이 취업난에 힘들어했다. 그런 와중에 운이 좋았는지 취업이 되었다.

전공과목 중에 유난히 재밌었던 과목이 있었다. 신문이나 잡지에 싣는 인쇄 광고였다. 아이디어와 디자인으로 독자의 시선을 잡아야 한다. 쉽지는 않았다. 교수님한테 한 프로젝트당 아이디어 스케치를 100개 정도는 보여줘야 했다. 그중에 한두 개 정도만 통과될 수 있었다. 선택된 아이디어는 매킨토시 컴퓨터로 작업했다. 작업하는 동안에는 학교 컴퓨터실에서 살았다. 집은 씻으러 들어가는 곳이었다. 그렇게 열심히 배워 입사하고 처음 작업했던 것이 포항제철 인쇄 광고였다. 지금도 기억난다. 투명경영을 주제로 한 신문 5단 광고였다. 내 포트폴리오 가방에 아직도 보관 중이다. 이렇게 디자이너로 첫 출발을 했다.

내 첫 직장은 MTM이라는 종합광고대행사였다. 2호선 선릉역 1번 출구 상제리제빌딩. 집은 김포였다. 98년 12월 겨울부터 지하철과 버스를 갈아타며 출근하느라 고생했던 기억이 난다. 평생 할 상모돌리기를 이때 하지 않았나 싶다. 자면서 머리는 까치집 짓기 일쑤였다. 침까지 묻었을지 모르는 얼굴로 매번 출근했었다. 그러던 어느날 갑자기 포항제철에 들어가란다. 신문광고 시안 보드를 가져다주고 오란다. 화장도 하지 않고 청바지 차림에 첫 광고주 방문이었다. 다행히 내 외모는 보지도 않았다. 담당자가 보드만 쏙 가져갔다. 이런 일이 있었어도 화장은 하지 않고 다녔다. 잠을 포기할 수 없었던 신입 디자이너였다. 실수투성이 내 첫 직장 생활은 6개월이었다. 젊은 날의 객기였지만 지금 생각해도 그만두길 잘했다. 그 후로 여러 회사를 거치며 디자인 경력을 쌓기 시작했다.

학교에서 다 배웠다고 생각했다. 떨리지만 무엇이든 할 수 있다는 자신감이 있었다. 하지만 처음부터 하나하나 다시 배워야 했다. 학교에서 배웠던 것은 이론이었다. 아직도 첫 회의 때가 생각난다. 대체 무슨 말을 하는지 알아듣기가 힘들었다. 광고주와의 소통, 거래처와의 소통, 회의할 때 등 현장에서 쓰이는 용어들이 생소했다. 모르는 것투성이였다. 사회생활 1년 정도 되었을 때 업계 흐름을 대충 파악할 수 있었다. 학교에서의 배움과 실무에서의 격차가 컸다. 실무에서 새롭게 배워야 할 것이 너무 많았다. 20년이 넘는 경력이 쌓여도 마찬가지다. 22년도에는 업무 끝나고 저녁에 HTML을 배우러 학원에 다녔다. 영 타를 못 치는 학생이었다. 부끄럽게도 선생님이 영타 연습부터 하자고 했었다. 교육생 중에 가장 나이가 많았지만, 끝까지 수료했다. 어찌나 뿌듯하던지. 내가 모르면 외주를 주거나 직원들에게 일을 시킬 수 없다. 그래서 늘 배워야 한다. 디자이너라고 불리는 순간부터 진정한 공부가 시작된다고 생각한다. 끝이 없다.

결혼하고 두 아이의 엄마가 되어도 일을 놓지 않았다. 친정엄마가 아이를 돌봐 주셨다. 덕분에 경력이 단절되지 않을 수 있었다. 여러 회사를 거치며 경력을 쌓다가 정착한 회사가 있다. 대리로 입사해 20년 넘게 근무했다. 회사가 힘들어져서 폐업의 위기도 있었다. 하지만 팀장 그리고 실장까지 무난하게 승진도 잘했다. 이 회사는 보험회사와 신탁 회사 등 금융업계 일을 주로 했다. 오랫동안 보험회사 일만 계속해서 변화가 필요했다. 그러던 어느 날 퇴사를 결심했다. 작은 사무실 하나 차려서 명함이나 전단지 등 간단한 일을 하려고 했다. 그런데 갑자기 20여 년 동안 일했던 회사의 대표가 되었다. 회사 연혁과 실적을 그대로 물려받았다. 그래서 여전히 보험회사 일을 주로 하고 있다.

2018년 12월 15일에 여의도에 있던 회사가 우리 집 앞으로 이전을 했다. 집과 회사는 불과 10분도 안되는 거리다. 가장 좋은 점은 출퇴근길이 고되지 않다는 것이다. 하지만 회사가 너무 가깝다. 집이 회사고 회사가 집인 생활이 시작되었다. 1년여 기간은 직원 채용을 하느라 힘들었다. 아무리 광고주가 대기업이라도 회사가 김포에 있어서 그런 걸까. 디자이너

채용이 쉽지 않았다. 가끔 지원한 디자이너는 며칠 일하고 입사 지원을 취소하기도 했다. 광고주가 보험사인 이유가 크다. 보험회사만의 디자인 특징이 있는데 이 부분을 어려워했다. 정말 잘해야 했다. 인연은 따로 있다고 했나. 우여곡절 끝에 직원도 채용하고 나름 김포에서 잘 꾸려가고 있었다. 정신없이 바쁜 와중에 코로나19가 터졌다. 이 때문에 김포에서 채용한 직원 모두 퇴사했다. 회사가 애물단지가 되어 버렸다. 그나마 아이들이 학교에 가지 못할 때 집과 회사가 가까운 것이 장점이 되었다. 아이들 돌보랴 회사 일하랴 정신없었다.

다행히 사회생활을 못 하진 않았나 보다. 어려울 때 구세주가 나타났다. 군산으로 이사를 하게 돼서 퇴사했던 직원이다. 재택근무 형태이지만 함께하게 되었다. 24년 7월 현재까지 함께하고 있다. 직급은 팀장이다. 성이 신 씨인 신 팀장은 디자인을 정말 잘한다. 무엇보다 광고주와의 소통이 긍정적이다. 힘들다가도 이 친구를 보면 다시 힘이 나곤 한다. 지금까지도 나를 도와주는 든든한 아군이다. 신 팀장은 군산이 집이지만 김포에 친언니가 살고 있다. 그래서 두 달에 한 번 정도 김포로 온다. 이때 짧게는 2주 길게는 3주 정도 사무실 출근을 한다. 그런 동안에는 근무 시간 중에 다 같이 브런치를 즐기거나 맛집 탐

방을 한다. 신 팀장 사무실 출근하는 날이 회식 날이
다. 물론 다른 직원들도 함께한다. 좋은 대표님 되려
고 나름 노력한다.

아는 만큼 보인다는 말이 있다. 디자인도 마찬가지
다. 그런 쪽으로 나는 꽤 욕심이 많았다. 디자인 소재
가 될 만한 것은 무조건 모았다. 회사에 있는 디자인
책은 스캔이라도 해서 가지고 있었다. 잡지를 볼 땐
반 이상은 뜯어서 스크랩했다. 디자인 박람회에도 자
주 갔었다. 그때마다 인쇄물을 잔뜩 담아서 왔다. 그
런 열정이 있었다. 결혼할 때 내 짐을 정리하는데 폐
휴지가 한가득하였다. 사회 초년생 때부터 뚜벅이로
찾아 모았던 자료들이었다. 버릴 때 가슴이 어찌나
아프던지. 지금은 온라인으로 자료를 찾는다. 실질적
으로 디자인 작업을 많이 하진 않는다. 하지만 여전
히 자료 사냥꾼이다. 매 순간 자료를 찾아서 모아놓
는다. 풍부한 자료는 잔소리나 억지가 아닌 근거가
되기 때문이다.

누가 물어본다. 직업이 뭐예요. 아, 전 디자이너입
니다. TV 광고 제작만 빼고 홍보에 관련된 일은 다
합니다. 그러면 주위에서 나를 바라보는 눈빛이 달라
진다. 디자이너라는 직업이 전문적이고 멋있게 느껴
진다나. 하지만 우리끼리는 이런 말을 한다. 건설 현

장에서 일하는 일꾼 같은 직업이라고. 광고주가 일을 의뢰할 때 넉넉한 시간을 주지 않는다. 촉박한 시간을 주며 품질은 좋은 걸 바란다. 일 들어온 순간 야간 확정이다. 광고주에게 선택받아야 한다는 강박관념도 있다. PT가 있는 날은 스트레스로 자다가 수시로 깨기도 한다. 인쇄할 땐 색 표현 때문에 밤새워서 감리도 한다. 지금은 인쇄 기술이 많이 발전해서 웬만한 색채는 다 표현된다. 특별히 까다롭지 않은 한 우리가 알고 있는 그 색채 그대로 인쇄된다. 그나마 다행이다. 일이 좀 줄었다지만 디자이너의 실상은 멀티 노동꾼이다.

디자이너 중에 성격이 좀 특이한 사람이 많다. 무엇이든지 정리 정돈을 해야 한다거나. 캐릭터 인형을 병적으로 모은다거나. 인쇄물만 보면 오타 찾기 삼매경이 빠진다거나. 작업할 때 아무한테도 보여주지 않는다거나. 자료를 독식하기도 한다. 다르고 다양하다. 그런데 우리끼리는 인정한다. 그럴 수도 있지. 나도 좀 다르다. 일에 관해서는 절대 잊지 않는다. 몇 달전 것도 잊지 않고 기억한다. 그때 그게 뭐였죠? 하고 물으면 바로 대답한다. 반면에 내 개인적인 생활에서는 잊어버리기 일쑤다. 듣긴 잘 듣는다. 다만 머릿속에 담아두지 않을 뿐이다. 특히 좋지 않은 일은 일부러 지우기도 한다. 강박관념 속에서 작업하는 것이 일상이다. 그리고 납품 날짜 맞추느라 항상 긴장한다. 어느 정도는 잊고 살아도 되지 않나. 그것이 인간적인 디자이너지.

내가 디자인을 잘하는 사람인가? 스스로 묻는다면 '아니다.'. 뚜렷한 재능이 있었던 것도 아니다. 그냥 아주 평범한 디자이너다. 단지 성취에 대한 욕심이 많은 디자이너였다. 회사에 일이 들어오면 보통 두 명의 디자이너가 시안 작업을 한다. 선택되는 디자인은 한 가지다. 그래서 은근한 경쟁을 하게 된다. 내 것이 돼야 한다는 욕심이 좀 많았던 것 같다. 모든 일이 그렇듯이 디자인도 얼마나 많이 만지고 수정하느냐에 따라 결과물의 질이 달라진다. 그래서 야근도 많이 했다. 내 디자인이 채택되었을 때는 세상을 다 가진 것 같았다. 반면 내 것이 안 되면 속상한 맘에 밤새 술을 마시며 불평을 해댔다. 내 디자인이 왜 맘에 안 든다는 거야? 그런데 지금 생각해 보면 이유가 있었다.

디자인은 소통이다. 모든 사람이 글로 소통하는 것처럼. 디자인은 비주얼로 소통한다. 내 디자인이 순위에서 밀렸던 거였다. 디자인이 그렇다. 답이 정해져 있지 않다. 광고주의 성향에 따라 디자인이 결정되기도 한다. 그래서 디자이너는 융통성이 있어야 한다.

내가 작업한 것이 최고라고 생각한다면 집에 걸어두면 된다. 물론 전문가로서의 고집도 필요하다. 결과물이 잘못될 게 뻔하다면 그냥 두면 안 된다. 충분히 대화로 풀어내야 한다. 그리고 비주얼로 보여주면 된다. 디자인은 백 마디 말보다 제대로 한번 보여주면 된다. 설득하는 지름길이다. 디자인으로 소통 왕 되는 게 꿈이었다.

디자인은 나를 누구의 아내, 엄마, 딸이 아닌 온전한 나로 있게 한다. 여전히 좋은 디자인을 보면 훔치고 싶은 욕심이 난다. 틈만 나면 여러 사이트를 돌아다니며 자료를 모은다. 그렇게 모은 자료들이 내 보물창고다. 새로운 디자인을 할 때 들여다보면 아이디어 하나쯤은 꼭 나온다. 달라진 디자인툴은 직원들한테서 배우는 편이다. 동그라미를 그려도 디자이너마다 방법이 다르다. 지나가다 작업하는 걸 보고 이거다 싶은 건 물어보고 배워둔다. 좀 지나서 그게 뭐였지 하고 물어보지만 늘 알려고 노력한다. 이런 노력과 경력이 광고주와의 소통을 쉽고 빠르게 한다. 디자인 시안 보낼 때 내 마음에 들면 보통 다 통과다. 25년이나 했는데 이 정도는 해야지 않겠나. 물론 힘들어서 때려치우고 싶을 때가 한두 번이 아녔다. 인쇄 걱정 때문에 잠도 제대로 못 잘 때가 많았다. 하지만 이런 하루하루를 보내는 것이 내가 디자이너로 살아가는 이유가 되었다. 디자인하지 않았으면 심심해서 어떻게 살았을까. 그래서 쉰 살인 지금도 디자인하고 있다.

글쓰기 VS 디자인

글을 쓰면서 버릇이 하나 생겼다. 디자인과 글쓰기를 비교하는 것이다. 이 부분은 디자인하는 것이랑 비슷하네? 이거는 좀 다르네? 하며 혼자 생각한다. 대단한 발견을 한 것처럼 혼자 뿌듯해하기도 한다. 특히 닮은 점 찾을 때가 재미있다. 글쓰기와 디자인의 겉모습은 누가 봐도 다르다. 글쓰기는 자음과 모음으로 된 글들이 옹기종기 나란히 줄지어 있는 모습이다. 디자인은 색과 모양 이미지 등이 시각적으로 눈길을 끈다. 디자인에서는 글도 이미지 일부가 될 수 있다. 서로 이렇게 다른데 둘은 참 많이도 닮았다. 젓가락 두 짝처럼 똑같지는 않지만 말이다.

자료 조사가 완성도의 핵심인 것이 닮았다.

최근에 진단비 보험금 유의 사항에 대한 카드 뉴스 작업을 했다. 보험전문가들이 고객들에게 보내는 내용이다. 전문적인 내용이라서 자료 조사를 꼼꼼히 해야 했다. 영상자료에서부터 금융 감독원, 손해보험협회 자료까지 죄다 수집했다. 자료가 많으면 많을수록 정확한 정보로 글을 쓸 수 있다. 꼼꼼한 자료 조사는 필수다. 다나카 히로노부가 쓴 <내가 읽고 싶은 걸 쓰면 된다> 에는 자료 조사에 대해 강조를 많이 한다.

글은 나뭇잎과 같다. 나뭇잎이 무성하려면 뿌리가 충분해야 뻗어야 하듯이, 좋아하는 글을 원하는 대로 쓰려면 1차 자료가 밑바탕이 되어야 한다.
다나카 히로노부, <내가 읽고 싶은 걸 쓰면 된다>

짧은 글로 이루어진 카드 뉴스에서도 자료 조사는 필수다. 요약된 정보지만 많은 자료를 봐야 나올 수 있다. 특히 정확한 정보전달을 위해서 공신력 있는 자료수집을 해야 한다.

디자인에서의 자료수집은 성과로 이루어진다. 의뢰가 들어오면 보통 두세 가지 시안을 광고주에게 제시한다. 디자인 시안은 다른 스타일을 주는 것이 좋다. 그래서 디자이너 두 명이 함께 작업하곤 한다. 하지만 안타깝게도 채택되는 디자인은 하나다. 선택되는 디자이너는 운이 좋았을까? 광고주의 디자인 성향과 맞았던 것일까? 아니다. 그 디자인을 작업한 컴퓨터를 보면 알 수밖에 없다. 관련된 자료가 새로운 폴더에 가득 들어 있다. 채택되는 것이 당연하다. 필요 없을 것 같은 자료들까지 많이도 모아놓았다. 얼마나 많이 보고 고민했는지 알 수 있다. 자료 조사는 운도 이긴다.

빌려오는 것에서부터 창조가 나온다는 것이 닮았다.

"책 제목들을 보고 다른 제목으로 바꿔보세요."

글쓰기 수업 때였다. 인터넷 서점을 보며 출판된 책들 제목을 본다. 눈길을 끄는 제목이 있다면, 나하고 연관된 단어들을 슬쩍 넣어서 바꿔치기해 본다. 기존 출판된 책 제목을 다른 제목으로 바꿔보는 거였다. 진짜 좋은 방법이다. 그 책들이 출판되기까지 얼마나 많은 고민과 노력이 있었을까. 성공하려면 거인의 어깨에 올라타라는 말이 있다. 잘 된 책은 이유가 다 있다. 좋은 소제와 제목을 위해 열심히 제목을 빌려와 보았다. 과제로 100개 제목을 적어냈다. 경험이 없어서 아무 말 대 잔치다. 그중에 나한테 맞는 제목을 찾을 수 있었던 게 다행이다. 선택된 제목으로 썼고 쓸 예정이다. 생각해 보니 필사와 같은 맥락이다. 닮고 싶고 배우고 싶어서 좋은 문장들을 필사하지 않나.

'모방', '빌려오기' 하면 떠오르는 것이 디자인이다. 디자인만큼 모방이 답인 경우가 또 있을까. 다른 사람이 작업한 것을 가리지 않고 일단 많이 본다. 요즘은 발품 팔지 않아도 인터넷 검색으로 다양한 디자인을 볼 수 있다. 마음에 드는 디자인은 그대로 따라 해보기도 한다. 그런데 똑같이 따라 하기 쉽지 않다. 사실 똑같이 하는 게 가장 어렵다. 그래서 내 생각을 더 해보기도 하고 빼기도 하며 작업해 본다. 많이 보고 따라 하다 보면, 모티브는 같지만, 나만의 색다른 디자인이 만들어진다.

디자인 실무에서 특히 신입 디자이너에게 이 방법을 쓴다. 학교에서 배운 것으로 실무디자인을 바로 할 수 없다. 자신감은 충분하나 경험이 부족하기 때문이다. 디자인뿐만 아니라 자료 조사도 미흡하다. 이때 구원투수는 사수다. 자료 조사하는 방법을 알려준다. 그 자료를 어떻게 활용하는지도 알려준다. 따라 하다 보면 자기만의 방법이 생기게 마련이다. 생각을 추가해 다른 작업물로 만들어 내며 발전한다. 질이 높아진다. 신입 디자이너가 바로 위 사수를 잘 만나야 하는 이유다. 디자인 잘하는 사수를 만나면 실력이 빨리 늘 수 있다. 영향을 받기 때문이다. 많이 보고 따라 할 수밖에 없다. 빌려와서 내 것으로 만드는 것. 글쓰기와 닮았다.

뼈대를 세우고 살붙이는 것이 닮았다.

22년 8월 29일부터 매주 카드 뉴스레터를 발행하고 있다. 짧은 글이지만 글을 쓰는 원리는 같다. 먼저 주제를 정한다. 정해진 주제를 카드 뉴스 특성에 맞게 구성한다. 표지 빼고 약 다섯 페이지에 소제목들을 기승전결로 연결해 놓는다. 주제를 탄탄하게 연결해 놓았는지 검토하고 이에 맞춰 글을 쓴다. 즉, 뼈대를 잘 세워 연결해 놓고 살을 붙여서 완성한다. 이 작업이 잘 되어 있어야 짧지만 이해가 잘 되는 글을 담을 수 있다. 글 길이까지 생각해야 한다. 이미지의 자리까지 보고 원고를 써야 한다. 작성한 글은 다시 읽어보며 필요한 부분을 추가, 삭제, 수정하는 작업을 한다. 카드 뉴스 원고도 퇴고는 필수다. 수정하고 다듬을수록 읽기 쉽고 이해가 잘 된다. 완성도가 높아진다.

디자인도 그렇다. 카드 뉴스 원고가 나오면 아이디어 스케치를 한다. 글을 이미지로 어떻게 표현하면 좋을지 머릿속으로 그려본다. 글쓰기에서 구조를 잡듯이 디자인도 스케치를 꼭 해야 한다. 그리고 표현하기 적절한 소재 들을 찾는다. 그 소재들을 세트로 구성해 놓고 페이지별로 디자인해 나간다. 작업 후 검수 과정도 필수다. 글쓰기의 퇴고 과정과 같다. 디자인이 어색하지 않게 잘 연결되어 있는지, 페이지별 색채 톤들이 보기 좋은지, 주제가 잘 전달되어 있는지, 이미지가 주제를 잘 표현했는지 체크하고 수정한다. 디자인도 글쓰기의 퇴고처럼 많이 만지고 수정할수록 질이 높아진다. 디테일의 힘이라고나 할까.

주제가 나오자마자 컴퓨터 앞에 바로 앉으면 깜박이는 커서를 보며 멍때리기 쉽다. 작업하는 시간이 오래 걸리고 디자인이 산으로 갈 가능성이 크다. 글쓰기에서 구조를 잡듯이 디자인도 꼭 전체적인 디자인 계획을 해야 한다. 그리고 컴퓨터 앞에 앉아야 한다. 그래야 작업속도가 빠르고 주제에 맞는 디자인이 나올 수 있다. 글쓰기와 디자인은 이렇게 완성되어 가는 과정이 닮았다.

잘 쓰고 싶어 못 쓰고 있었던 요즘. 줄 긋고 사진 찍어 프로필 사진으로 등록한 글귀가 있다.

진정으로 글을 쓰고 싶다면 이렇게 생각해야 한다.

잘 쓰지 않겠다.

그리고 이렇게 생각해야 한다.

끝까지 쓰겠다.

정아은, <이렇게 작가가 되었습니다>

20년이 넘도록 디자인하면서 알고 있었는데 잊고 있었다. 글쓰기처럼 디자인도 일단 끝까지 해야 한다. 그래야 수정하며 완성할 수 있다. 처음엔 재미로 했던 글쓰기와 디자인의 닮은 꼴 찾기였다. 하나하나 찾아가면서 반성도 하며 의지도 불태워 본다. 디자인하면서 와봤던 길. 글쓰기라는 길도 한번 가보는 거다. 어떤 점이 또 닮았을까. 25년을 디자인했듯이 25년 글쓰기를 하면 더 닮은 점을 찾을 수 있지 않을까? 기대된다.

그림책방에서 열정 주유하기

누구나 가슴에 열정 하나쯤은 가지고 있지 않을까. 언젠간 꼭 해야지 싶었던 것. 나는 글쓰기다. 20년 넘게 디자이너로 경력을 쌓아왔는데 업무의 절반은 글쓰기였다. 기획서도 쓰고, 카드 뉴스 원고도 쓰고 블로그도 쓴다. 작가님들처럼 긴 글은 아니지만, 디자인과 글쓰기를 동시에 해오고 있다. 이 때문에 늘 따라다니는 고민이 있었다. 디자인은 전공도 했고 실무 경험도 많다. 지금은 디자인 잘하는 회사도 운영하고 있다. 하지만 솔직히 글쓰기는 자신 없었다. 그래서 확인받고 싶었다. 그 첫 도전이 브런치스토리 작가 되기다.

어느 날 우연히 알게 된 브런치스토리. 처음엔 여

러 브런치를 소개하는 곳인가 했다. 여기저기 기웃거리다가 글쓰기 플랫폼인 것을 알게 되었다. 그런데 다른 플랫폼과 달랐다. 이 플랫폼에 글을 쓰려면 작가 신청을 해야 했다. 그리고 합격을 받아야 글을 발행할 수 있었다. 모르면 용감하다고 했나. 내가 그랬다. 작가 신청하기를 눌러서 일단 도전해 보았다. 떨어졌다. 처음이니까 그럴 수 있지. 주제와 목차가 문제였나. 나름 준비해서 몇 개월 뒤에 또 도전했다. 또 떨어졌다. 오기가 생겼다. 다시 준비해서 또 도전했다. 모시지 못해서 죄송하다는 메일을 또 받았다. 그러면 좀 붙여주지. 세 번째 도전과 불합격을 하고 한동안 잊고 있었다.

기회는 우연히 찾아온다고 했던가. 구래동에 있는 <최고그림책방>을 알게 되었다. 책방 주인이 작가님이다. 공동 저서 글쓰기. 브런치 작가 되기 등 다양한 교육프로그램이 있었다. 성교육도 한다. 특이했다. 블로그를 천천히 살펴보았다. 열정이 넘쳐났다. 그 열정 조금이라도 가져오고 싶었다. 다시 한번 도전해 볼까? 회사, 고3 아들과 중2 딸, 집안일까지 할 일 태산이다. 과연 할 수 있을까? 걱정도 많았지만, 기회라고 생각했다. 그래서 매주 화요일 7시. 퇴근하고 책방에 갔다. 집에 올 때는 과제 때문에 살짝 후회도 했다. 사서 고생이다.

일주일에 한 주제씩 글을 썼다. 수업 전에 글 한 편 보내기가 과제다. A4용지 2장의 분량이다. 일하는 동안에도 그 주제가 머릿속에서 맴돈다. 생각날 때마다 이것저것 써 놓고 하루 동안 정리해서 썼다. 미리미리 쓰면 얼마나 좋을까. 꼭 업무 끝나고 늦은 시간까지 글이랑 싸우게 된다. 깜빡이는 글 커서와 눈싸움하기 일쑤다. 썼다 지우기를 반복하다가 과제 마감 시간 전에 급하게 메일을 보냈다. 모르겠다. 작가님이 수정해 주겠지. 내가 잘하면 배우러 가겠어? 이렇게 슬쩍 미뤄본다.

24년. 5월 28일.

이날도 어김없이 퇴근하고 책방에 갔다. 다른 사람들은 퇴근길이겠지만 나에겐 또 다른 출근길이다. 도착해서 주섬주섬 노트북을 꺼냈다. 오늘은 무슨 수업일까. 궁금해하는데 갑자기 날벼락이 떨어졌다. 브런치 작가 신청을 하자고 한다. 저기요, 작가님. 저 아직 준비 안 됐는데요. 이렇게 갑자기요?

일단 자기소개가 필요했다. 그동안 브런치 작가로 도전했던 자기소개서를 꺼내 보았다. 낯 뜨겁다. 이렇게 썼었구나. 여기저기서 조금씩 떼와서 수정해서 작성했다.

브런치 스토리에 어떤 글을 발행하고 싶은가요?

디자이너로 일하며 깨달았던 것을 나누려고 합니다. 디자인을 시작하게 된 동기, 디자인 실무, 글 쓰는 디자이너에 대해 발행하고 싶습니다.

발행하고자 하는 글의 주제나 소재 등을 대략 적었다. 목차는 미리 작성해 놓았던 일부를 간추려서 넣었다. 떨리는 마음으로 번갯불에 콩 볶듯이 네 번째 브런치 스토리 작가 신청을 완료했다.

다음 날. 브런치 사이트에 몇 번을 들락거렸는지 모른다. 메일도 수시로 확인했다. 브런치 앱으로 결과를 알려준단다. 핸드폰을 온종일 손에서 놓지 않았다. 조금 더 준비해서 도전할 걸 하는 아쉬움. 후련함. 기대. 설렘. 기분이 널을 띄었다. 될까? 되면 좋겠는데, 내 머리채 잡고 끌고 가신 작가님 믿고 신청은 했으니 일단 기다렸다. 이번에 안되면 또 하면 된다, 하지만 주문을 외워 본다. 되라, 되라, 되라, 되라, 될지어라!

되었다.

이날따라 너무 바빴다. 디자인 수정 작업에 정신이 없었다. 인쇄 날짜가 지연되어서 빨리 처리해야 했다. 눈 빠지게 기다렸던 작가 신청 결과는 생각도 못 했다. 최종 시안 메일을 보내고 한숨 돌리고 있었다. 문득 생각이 나서 혹시나 하는 마음으로 핸드폰을 확인했다. 여러 문자 중에 유난히 크고 선명해 보이는 글이 있었다. 브런치스토리 작가 선정이 되었다는 문자다. 며칠 걸린다고 했는데 신청하고 2일 만에 나온 결과였다.

'브런치 작가가 되신 것을 진심으로 축하드립니다.'

글쓰기 과제만 열심히 했던 3주였다. 세 가지 이야기를 쓰고 마음의 준비 없이 작가 신청을 했다. 기다리는 동안은 아쉬운 맘 한가득하였다. 일 좀 미루고 잘 쓸걸. 잠 좀 덜 자고 쓸걸. 이런저런 생각을 틈만 나면 했다. 그런데 합격이란다. 그동안의 도전과 비교해 보았다.

자기소개나 목차도 물론 중요하지만, 글을 써내는 힘이다. 네 번째 도전하고 합격해 보니 알게 되었다. 그동안 도전했던 글은 심사할 만한 글이 아니었던 거다. 글 길이도 짧았고, 이야기를 끌고 가는 힘이 부족했다. 브런치 작가가 되었다고 글을 잘 쓴다는 것은 아니다. 다만 쓸 줄 알게 되었다. 글 근력이 조금 생겼다. 함초롬 바탕, 10포인트, 행간 160%, A4 2장 분량의 글쓰기. 손가락도 머리도 힘들다. 하지만 써냈기 때문에 합격했다고 생각한다. 어찌나 기쁘던지. 손가락과 머리에 쥐 났던 게 보상이 되었다. 이제부터 시작이지만 성취감이 컸다. 그냥 좋았다.

배우자한테 전화로 합격 소식을 알려주었다.

"나 브런치 작가 합격했어!"
"브런치가 뭐야? 점심이야? 합격하면 모가 좋은데?"

그러게, 무엇이 좋을까? 브런치 작가에 선정이 되면 글을 발행할 수 있다. 책도 펴낼 수 있다. 이런저런 이유가 있지만 일단 자신감을 얻었다는 것이다. 지금 하는 콘텐츠 발행을 계속해도 되겠구나. 앞으로 글을 쓸 준비가 되었구나.

생각할 시간에 움직이라는 말을 좋아한다. 그렇게 되려고 노력도 한다. 하지만 쉽지 않다. 생각만으로 끝내고 후회하는 것이 많다. 그래서 주위에 여러 개의 나만의 열정 주유소를 두고 있다. 나를 움직이게 하는 에너지를 채우는 곳이다. 회사에서는 2인자 신민정 팀장. 10년째 함께 하는 든든한 동료다. 신 팀장 없었으면 회사 문 닫았다. 집에서는 늑대 같은 아들과 여우 같은 딸이 있다. 이 녀석들 때문에 돈 버는 거다. 현실이다. 자기 얘기는 왜 없냐고 할 든든한 배우자가 생각나 한 줄 적어본다. 내가 무엇을 하던 항상 응원해 주고 밀어주는 버팀목. 남편에게서는 정신적인 안정 에너지를 채우고 있다.

글쓰기 열정은 이곳에서 채우고 있다. 최고그림책방. 글쓰기 열정과 에너지, 그리고 경험이 충전된다. 써야 한다는 것은 잘 알고 있다. 다만 우선순위가 되지 않을 뿐이다. 그래서 찾은 곳이다. 디자인, 집안일, 그리고 아이들 때문에 글쓰기가 머릿속에서 지워질 때가 많다. 이때를 어떻게 아는지 문자가 온다.

현주 님, 지금 적고 있는 꼭지 제목이 뭐죠?_정희정 작가님

쓰려고 제목만 정해 놓은 상태였다. 어떻게 알고 문자가 오는지. 집 나간 글쓰기 생각이 문자 받고 돌아온다. 그러면 한글 프로그램을 켜서 타닥타닥 슬쩍 쓰기 시작한다. 시작이 반이라고 어느 순간 초고는 완성한다. 쓰면서 인상도 쓰고 혼자 웃기도 한다. 쓸

때는 스트레스인데, 쓰고 난 뒤에는 해냈다는 성취감이 크다. 꼭 하고 싶다거나 해야 하는 일이 있다면, 자극받을 수 있는 무언가가 있는 것이 좋다. 나를 움직이게 하는 원동력이 된다. 언젠가는 밥 먹는 것이 당연한 것처럼, 매일매일 글 쓰는 게 당연한 것이 되길 바라본다.

글 쓰는 디자이너

2017년 1월.

여의도에 있는 한화손해보험에 갑자기 들어가게 되었다. 가까운 거리라 여의도 공원을 가로질러 걸어서 갔다. 1월이라 제법 추웠다. 콘텐츠 제작 업체와 업무 협약을 맺었는데 그와 관련된 일이었다. 그때는 디자인 실장으로 함께 참석했었다. 교육콘텐츠를 제공한다고 한다. 갑자기 이 무슨 뜬금없는 소리인지. 보험회사가 내부적으로 교육을 더 잘하지 않나. 얼마나 좋은 교육콘텐츠를 제공한다는 걸까. 돌아가는 상황을 보니 광고주가 못마땅해하는 표정이다. 아무래도 윗사람 소개로 들어온 듯하다. 몇 번의 미팅 끝에 일이 무산되려고 했다. 이러면 그동안의 노력이 헛수

고가 되는데. 어떻게 해서든 성과를 내야 해서 마음이 급했다. 미팅하면서 광고주 쪽에서 원하는 것을 우연히 알게 되었다. 회사로 복귀하고 샘플 작업에 착수했다. 원포인트 레슨. 일주일에 세 번 동기부여 콘텐츠 제공이었다. 그렇게 우여곡절 끝에 계약하게 되었다.

보통 디자이너는 기획서나 카피 등은 잘 쓰지 않는다. 규모가 큰 회사에서는 기회조차 없다. 카피라이터 또는 기획자가 쓴다. 어떤 회사의 소개 책자를 만든다고 치자. 전체적인 기획 방향과 원고를 카피라이터가 작성해서 디자이너에게 전달한다. 그 글을 가지고 비주얼로 표현하는 것이 디자이너 역할이다. 보통은 그렇다. 나는 디자이너였지만 기획서와 카피 등을 썼다. 언제부터였지. 생각해 보면 욕심이 시작이었다. 인정받고 싶은 욕심이 글을 쓰게 했다. 광고주 미팅하고 꼭 보고서를 작성해서 전달했다. 디자인 결과물이 나오면 제작 의도를 작성해서 함께 보여주곤 했다. 매 순간 나도 할 수 있다고 보여줬던 것 같다.

한화손해보험이 신동아화재였을 때, 메리츠화재가 동양화재였을 때부터 여의도에서 몇 날 며칠을 밤새우며 보험사와 함께했다. 이렇게 오랜 시간 동안 보험회사와 함께했기 때문에 당연히 그 분야에 특화된 노하우가 있다. 이런 경험이 한화손해보험과의 콘텐츠 제공 계약으로 성사될 수 있었다. 하지만 욕심과 경험만으로 글을 쓰기에는 매우 미흡했다. 실력이 열정을 따라가지 못했다. 그렇다고 포기했을까? 없는 실력을 채울 수 있었던 것은 바로 자료 조사였다. 다나카 히로노부의 저서 <내가 읽고 싶은 걸 쓰면 된다>에는 이런 글이 있다.

글을 쓰는 행위에서 가장 중요한 것은 팩트다. 그래서 작가의 작업은 '자료 조사'에서 시작한다. 그다음 조사한 것의 90퍼센트를 버리고, 남은 10퍼센트에서 다시 10퍼센트만 추려서 겨우 '필자는 이렇게 생각한다."라고 쓴다. 최종적으로 완성된 글에서 작가의 생각이 전체의 1퍼센트 이하여도 충분하다. 그 1퍼센트도 안되는 생각을 전달하기 위해 99퍼센트 이상의 자료 조사가 필요하다. 글쓰기는 결국 자료 조사가 '99.56퍼센트'인 셈이다.

다나카 히로노부, <내가 읽고 싶은 걸 쓰면 된다>

가끔 작업했던 것을 찾아보곤 한다. 마음에 드는 글도 있지만, 부끄러운 글도 있다. 이 기회에 적어본다.

"광고주님 그때 참 많이 부족했습니다. 좋게 봐주

셔서 감사했습니다."

처음에는 전문가가 원고를 썼다. 하지만 그 원고가 우리가 생각했던 방향과 너무 달랐다. 디자인을 할 수 없는 원고였다. 가독성이 있는 디자인이 나오기 위해서는 원고도 가독성이 있어야 한다. 디자이너는 글을 디자인적인 요소로 보는 경향이 있다. 문장 한 줄 때문에 디자인이 예쁘지 않으면 삭제될 수도 있다. 강조되는 글이 그림 밑에 들어갈 수도 있다. 작게 들어가야 하는 영문이 큰 제목으로 디자인될 수도 있다. 보여지는 것이 중요하기 때문이다. 그래서 디자인 해야 하는 원고는 가독성이 정말 중요하다. 팩트가 명확해야 한다. 그렇지 못한 경우 조금씩 수정해서 디자인 작업을 하게 했다. 그러다 보니 어느 순간 내가 원고를 쓰고 있었다. 내 무덤을 내가 판 거였다.

이왕 판 무덤 잘 파야 했기에. 처음 한 일은 기획서를 쓸 때처럼 자료 찾기였다. 주제를 정해 놓지 않고 눈에 띄는 소재들을 모두 찾아서 쌓았다. 책에서도 찾고, 인터넷에도 찾았다. 누구의 성공 사례, 좋은 글, 명언, 일화 등을 보이는 대로 모으고 또 모았다. 이런 자료들을 보면서 일주일에 세 편씩 원고를 쓰고 디자인 작업을 했다. 디자인 방향까지 정해서 글을 쓰다 보니 쉽지 않았다. 디자이너가 썼기 때문에 디자이너가 작업하기 쉬운 원고일 수밖에 없었다. 이런 작업을 2년 넘게 반복했다. 이때부터였다. 글 쓰는 것도 직업이 된 것이.

"그래서 글을 잘 쓰나 봐요?"
"아니요. 써야 하니까 씁니다"

말 그대로다. 써야 하니까 썼다. 쓰다 보니 보험전 문가에게 도움이 될 수 있는 콘텐츠까지 제작하게 되었다. 플랫폼을 활용해 뉴스레터로 발행하고 있다. 매주 화요일 오전 10시. 대단한 건 아니다. 다만 매주 화요일 꼭 발행하고 있다는 것. 눈물 나는 인내력이다. 어떤 내용일까? 보험 설계사들은 꾸준히 고객과의 소통을 원한다. 그 소통이 계약으로 연결되기 때문에 중요하다. 이때 사용할 수 있는 카드 뉴스다. 약 5개의 주제로 구성되어 있다. 보험니즈자료가 주력 콘텐츠다. 그래서 보다 심혈을 기울여서 작업하고 있다. 이 외에 동기부여, 생활, 건강, 상식 등 가벼운 자료도 함께 보내고 있다. 어느덧 곧 100회 발행이 된다. 구독자 늘리는 게 큰 숙제다.

콘텐츠 선정은 어떻게 하나?

다나카 히로노부가 쓴 제목처럼 내가 읽고 싶은 내

용을 주로 쓰는 편이다. 가정의 달이면 시기에 맞게 어린이보험에 관련된 내용을. 여행을 많이 다니는 시즌이면 여행보험이 관련된 내용을. 시즌과 시의성에 맞게 선별해서 제작 후 발송한다. 자료는 신문스크랩을 많이 하는 편이다. 유튜브를 통해서도 도움을 많이 받고 있다. 그 밖에 건강 시사 잡지 등에서 정보를 많이 발췌한다. 여러 분야의 콘텐츠를 발행하면서 보험 관련한 내용은 검수를 꼼꼼히 하는 편이다. 몇 년 동안 우리 가족 전담인 담당 보험 설계사님에게 검수를 부탁하기도 한다. 얼마 전에는 보험회사에 직접 가서 자격증 교육도 받았다.

디자이너가 디자인만 잘하면 되지. 왜 글을 쓰고 있을까? 생각해 본다. 시작은 회사에서 해야 하니까 썼었다. 하라면 하는 게 사회생활이니까. 어렸을 때부터 나는 책을 참 많이 읽었다. 시 빼고 모든 장르를 즐겼다. 시는 정말 지금 읽어도 어렵다. 솔직히 무슨 말인지 이해가 안 간다. 나는 직관적인 글을 좋아한다. 바로 이해할 수 있는 글. 그래서 어린이 신문은 빠짐없이 정독하는 편이다. 스마트폰, 웹, 책 무엇이든 틈만 나면 읽는다. 읽는 것을 좋아하다 보니 이젠 나도 쓰고 싶어졌을까? 그래서 나도 모르게 쓸 기회를 만들었을까? 그러면서 은근슬쩍 누군가 등 떠밀어 주길 바랐던 게 아닐까. 사실 아직도 글 쓰는 게 즐겁고 행복하진 않다. 써야 하니까 쓴다. 물론 어느 순간 쓰는 행위가 즐겁게 느껴질 때가 있다. 고민하며 힘들게 쓰고 나면 어찌나 뿌듯한지. 콘텐츠 하나하나 만들어서 발행할 때마다 자식 낳아서 분가시키는 것 같다. 이 녀석 잘살아야 할 텐데. 사랑 많이 받아야 할 텐데. 항상 걱정하며 보낸다.

　디자이너지만 글을 썼기 때문에 할 수 있는 것이 많아졌다. 원고를 받아서 디자인만 하지 않게 되었다. 다양한 주제로 콘텐츠를 자체적으로 제작할 수 있게 되었다. 배포된 콘텐츠가 시장에서 어떤 반응인지 바로 시험해 볼 수도 있다. 즉각적으로 대처할 수 있다. 자체적으로 콘텐츠를 만들기 때문에 비용 절감도 할 수 있다. 무엇보다 제일 좋은 점은 내 맘대로 콘텐츠를 제작할 수 있다는 것이다. 이것도 해보고. 저것도 해보고. 마음껏 써보고 디자인해 본다. 이런 시도 끝에 우리만의 콘텐츠를 만들어 낼 수 있었다. 즉, 글을 썼기 때문에 나만의 브랜드 콘텐츠를 만들어 내고 있다. 앞으로도 계속 연구하고 쓸 계획이다. 직접 쓴 원고로 제작된 디자인이 그렇게 좋을 수가 없다.

쓰지 않으면 인생은 바뀌지 않는다

6
정희정

대학에서 간호학을 공부했습니다. 대학병원부터 방문간호사에 이르기까지 다양한 분야에서 일하다가 첫번째 책 <책 먹는 아이로 키우는 법>을 출간하며 작가가 되었습니다. 김포에서 최고그림책방과 최고북스 출판사를 운영하며 책도 팔고 책쓰기도 가르칩니다. 책의 재미를 알리고 글쓰기의 기쁨을 전하고 싶습니다.

이메일 jhj01306@naver.com
블로그 blog.naver.com/jhj01306
인스타그램 @choigo_books
네이버카페 cafe.naver.com/jhj01306
유투브 그림책읽기 TV
브런치 brunch.co.kr/@jhj0130

쓰지 않으면 인생은 바뀌지 않는다

누군가는 글을 읽고 누군가는 글을 쓴다

며칠 전 내가 운영하는 최고그림책방에서 북토크가 열렸다. 미야베 미유키 작가의 최신작 <구름에 달가리운 방금전까지 인간이었다> 출간 기념으로 북스피어 출판사 대표님이 직접 책방에 방문해준 것이다. 제목부터 신비롭지 않은가? 오묘하기까지 하다. 우리 책방은 한 달에 한 번은 꼭 북토크를 열고 있다. 북토크를 여는 이유는 단순명료하다. 책에서만 보던 작가님을 직접 볼 수 있다는 것, 직접 만나고 이야기도 나눌 수 있다는 것. 작가와 함께 사진도 찍고 사인받을 수 있다는 것을 알려주고 싶었다. 실제로도 그렇게 운영하고 있다.

누구나 글을 잘 쓰고 싶어 하는데, 막상 글을 쓰기

가 쉽지 않다. 그럴 땐 어떻게 해야 하는가? 어떤 소재를 던져주는 것도 좋다. 나 역시 처음에는 어떤 글을 써야 하고, 어떤 식으로 글을 풀어 가야 하는지 고민이 많았다. 망망대해에 나를 던져놓은 것 같은 기분이 들기도 했다. 하지만 말이라는 것도 그렇듯이 일단 시작하면 어떤 식으로든 연결이 된다. 글도 그렇다.

오늘의 주제를 먼저 정하고 (나의 오늘 주제는 글쓰기다) 관련된 에피소드를 생각해본다. 아! 그저께 북토크를 했었지! 김홍민 대표님이 와서 아주 재미있는 이야기를 해주었던 기억이 났다. 그래서 그 글을 한번 써보기로 했다. 대표님이 가볍지만 진지하게 자신만의 에피소드를 풀어놓았다. 관객을 바라보며 잔잔한 목소리로, 하지만 중간중간 빵빵 터지는 묘한 매력이 있었다. 귀를 열고 듣고 있노라면 부드러운 음악을 듣고 있는 기분이 들었다.

외국에 여행 갔을 때의 이야기를 풀어놓으면서 여권 발급에 관한 흥미진진한 이야기를 해주었다. 통상 3개월 기간만 남으면 여권 효력이 없어지는데, 그런 경우를 대비해 알아두면 좋은 긴급여권 발급에 관한 이야기를 풀어주었다. 장문의 글을 적어내야 하는데, 평소 글쓰기가 익숙하지 않은 다른 이들은 못 쓰거나 분량이 너무 적었다고 한다. 김홍민 대표님은 글을 자주 접해온 이력 덕분인지 빼곡하게 장문의 글을 한 페이지를 완성해서 긴급여권 담당자에게 전했다. 담당자는 굉장히 흡족해하며 서류를 받아들었다고 한다. 글쓰기란 바로 이런 것 아닐까?

언제 어디서 나의 글쓰기가 필요할지 모른다. 하다못해 긴급여권을 발권하기 위해 서류를 제출할 때도 우리는 글쓰기가 필요하다. 평소 언제 어떻게 글을 쓰는가? 직장에서 학교에서 동네맘카페에서 우리는 알게 모르게 조금씩은 글을 쓰고 있다. 댓글도 달고 있다. 글을 쓴다는 건 내가 정성을 기울인다는 의미다. 내가 이토록 무언가에 정성을 기울인 적이 있었는지 생각해 본다.

글쓰기를 시작한 건 약 10년 전이다. 사실 그 이전에도 블로그나 나만의 메모장에 끄적여둔 글들이 있긴 했지만, 글이라는 걸 객관적으로 대하고 보니 그건 글이라기보단 깨작거림이었다. 깨작거림이 내 인생의 키워드가 되고 곧 글로 이어지긴 했지만 말이다. 책을 읽는 것과 쓰는 것은 다른 문제다. 책을 많이 읽는다고 자신하는 이들도 실제로 책을 쓰는 데에는 두려움을 느낀다. 왜 그럴까?

우리는 항상 듣고 받아적는 데에만 익숙해져 있다. 내가 실제로 글쓰기 강의할 때 하는 이야기다. 우리는 받아쓰기에 익숙하고 강의를 듣는 데 익숙하다. 그래서인지 나만의 이야기를 글로 표현해낼 때 많은 어려움을 느낀다. 적어보지 않아서 써보지 않아서 그렇다. 나만의 글쓰기를 제대로 하기 시작하면 생각이라는 흐름이 타이핑이 따라잡지 못할 정도로 이어질 때가 있음을 느낀다. 내가 글쓰기 수업하는 최고그림책방에는 노트북을 가지고, 핸드폰과 블루투스 키보드를 가지고 수업을 듣는다. 글쓰기 시간 동안에는 타닥타닥 서로의 키보드 타자 소리만 울린다. 누가 먼저랄 것도 없이 자신만의 이야기에 빠져든다. 15분이라는 시간의 마법에 걸리는 시간이다. 처음 쭈뼛쭈뼛하던 이들도 한두 번 글쓰기 수업에 참여하면서 이내 익숙해졌는지 자신만의 노트북을 열고 글쓰기를 시작한다. 내가 최근 고개를 끄덕이며 보는 책에는 이런 구절이 있었다.

성공은 성공적으로 케이크를 굽는 것과 같다. 레시피를 따르기만 하면 된다. 좀 더 쉽게 만들려고 애쓰면 결국 제대로 된 케이크를 만들 수 없다. 하지만 인간은 목표를 마지막으로 한 번만 더 결정하고 분명하게 정의 내린 후 마지막 쉼표와 마침표까지 적은 다음 매일, 매주, 매달, 매년 목표를 달성할 때까지 끈질기게 나아가면 결국 성공할 수밖에 없다.
얼 나이팅게일, <얼 나이팅게일 위대한 성공의 시작>

성공이란 하나하나의 실패나 좌절에 연연하기보다 그런 과정에서 배움과 깨달음을 얻고 한 단계, 한 발짝 앞으로 나아가는 길이라고 생각한다. 훌륭한 요리사가 되기 위해선 실패한 요리에 골몰하고 있을 게 아니라, 또다시 새로운 요리를 만드는 데 집중하며 나아가는 것처럼 말이다. 처음 쓴 나의 원고도 그랬다. 초고는 걸레라는 말처럼, 내 글이 창피하고 부끄러워 보여도 일단 쓰고 고치고 수정하다 보면 나의 글이 정제되고 간결하게 표현된다.

말도 하면 할수록 늘고, 글도 쓰면 쓸수록 는다. 책의 재미를 느끼기 위해서는 상상 그 이상의 많은 책을 한꺼번에 쏟아부어야 한다. 글도 그렇다. 한꺼번에 양적으로 많은 양의 글을 생산해내는 과정에서 나의 글 양이 늘고 성장한다. 질적으로 나아가기 위해서는 아주 많은 양이 들어와야 한다는 말이다. 깊이 파진 고랑에 물이 간당간당하게 담겨있다면 그 고랑을 넘어가지 못한다. 홍수처럼 다량의 물이 넘칠 때 고랑을 지나갈 수 있다. 책도 글도 그렇다.

한 단어가 한 문장이 되고 한 줄이 되고 두세 줄이 된다. 한 문단이 되고 글이란 녀석들이 차곡차곡 쌓여간다. 이 정도면 됐겠지? 하는 마음은 금물. 조금 더 써 내려가 본다. 풀어낼수록 글이 엮어지고 풀어지는 경험을 한다. 이래서 글쓰기는 근육이라는 말도 있지 않은가? 난 사실 운동을 평소 즐겨하진 않는다. 건강관리나 식단관리에 조금 더 관심을 기울여야겠다는 생각이 든다. 운동과 마찬가지로 글쓰기도 내 생각을 자유롭게 표현하고 기술하기 위해서 근육이 필요하다. 맞춤법이라든지 문단 형태라든지, 그런 것보다는 그저 내 생각을 (타이핑하는 속도가 따라가지 못할 정도로) 표현하는 마법과도 같은 경험을 마주하기를 바란다.

우리는 '잘' 쓴다는 것에 대해 어쩌면 모두, 한 번쯤은 강박관념을 가지고 있다. 이 말이 맞는지? 내가 표현하고자 하는 단어가 '이 단어'가 맞는지? 글을 써나가기 전에 이런 형태에 머무른다. 그러다 보면 나의 글이 제대로 안 나온다. 단어에서 막히는 거다. 물론 평소에 굉장히 유식하거나, 상식을 범접하거나, 혹은 평소 다양한 서적을 통해 견문을 넓혀온 사람들에게는 단어나 용어정리에 있어서 쉬울 것이다. 하지만 보통의 사람들에겐 유식하게 보이려 해봤자 거기서 거기다.

맞춤법 검사는 한글파일의 맞춤법검사기가 해준다. 그러니, 너무 걱정하지 말자. 내가 하고픈 이야기를 글로 적어내는 것이 더 중요하다는 말이다. 누군가 보아주면 좋고, 설령 봐주지 않는다고 해도 상관없다. 그저 나는 오늘 나의 글을 적고 싶었을 뿐이다.

책방을 운영하면서 글쓰기, 책 쓰기 수업도 드문드문 진행하는데 점심시간을 넘기기 일쑤다. 사실 아침도 안 먹는지라 점심때가 되면 배가 고프다. 수업 시간에 집중하다 보면 오후 2~3시가 넘어간다. 정해진 점심시간이 없지만 제대로 챙겨 먹어야지 생각이 드는 요즘이다.

매일매일 해야 할 일들이 생기고, 어떤 일은 새로 시작하고 어떤 일은 마무리를 해나가고 있다. 2권의 책이 조만간 종이책으로 출간될 것이고 새로 책 쓰기를 배우는 사람들과 새로운 마음가짐으로 글쓰기를 시작할 것이다. 누구나 한 번쯤은 자신의 이야기를 글로 풀어냈으면 좋겠다. 짧든 길든 적어봐야 알 것 아닌가. 잘 쓴다 못쓴다는 판가름하기 이전에 일단 양을 채워야 한다. 다른 책을 참고해도 좋고, 이전 블로그에 끼적거렸던 내용도 좋다. 거기에 덧붙여서 내 생각을 적어보는 거다.

누군가는 오늘 글을 쓰고 누군가는 오늘 글을 읽는다. 나의 글을 보기도 하고 자신만의 글을 적어보기도 한다. 글을 많이 보다 보면 또 언젠가는 자신만의 글을 쓰고 싶어질지도 모른다. 내가 그랬듯이. 오늘 당신의 일상을 한번 적어보는 건 어떨까? 봄이 오늘인 듯하다가 매서운 꽃샘추위가 찾아온 오늘, 나를 좀 더 강하게 단련시켜주는 것은 글쓰기라고 생각한다. 누구나 하는 생각이지만, 머릿속의 글을 하나씩 꺼내어 적어볼 때 그 생각은 나만의 것이 된다. 글로 내 생각을 표현하는 일이 처음에는 어색하고 서투르지만, 점차 다듬어질 것이다. 그것은 곧 나만의 무기가 된다. 오늘 나의 글을 한번 잘 다듬어보자.

글 쓰고 싶었던 그녀 브런치 작가가 되다

어제 책방에서 기쁜 소식 하나가 들려왔다. 매주 목요일마다 글을 쓰고 한 꼭지씩 완성해 나가는 현정님의 브런치 작가 합격 소식이었다. 글이라는 게 생소하고 어떤 식으로 풀어나가야 할지 어떤 방향으로 가닥을 잡아야 할지 막막하기 마련이다. 처음 글쓰기를 배우고 실제로 책방에서 15분이라는 시간 동안 글을 써나가면서 차츰 조금씩 글의 형태를 갖추어나간다. 글쓰기도 근육이다. 해보지 않으면 실제로 어렵다. 느낌대로 감정대로 적어나가기란 더더욱 어렵다. 해보지 않았으니 말이다. 하지만 책방에서 서로의 일상에 관해 이야기를 나누고, 독서 모임에서 책 구절을 마주하고 자신의 의견이나 느낌을 표현해 나가면서 글에 서서히 스며들어 간다.

서로의 속도는 다르다. 너와 나의 속도가 다 다르다. 사람의 생김새, 키, 성향, 성격이 다르듯 글쓰기의 형태도 마음가짐도 속도도 다 다르다. 누구는 저만치 걸어 나가는데 나는 아직 제자리인 듯하다. 빨리 뛰어가고 싶은데 마음처럼 되지 않는다. 그러다가 덜컥 글이 막혀버리고 만다. 번아웃처럼 글 아웃이 되어버리는 걸까?

자신만의 속도를 맞추어나가면 된다. 모두 상황과 조건이 다르기에 각자의 속도대로 꾸준히 나아가면 된다. 하지만 매주 정해진 숙제는 해오는 것이 중요하다. 같은 시작을 했지만, 도통 글을 보내오지 않는 분들도 있다. 일단 단 5줄이라도 글을 보내야 내가 피드백을 줄 수 있다. 이대로 쓰세요. 이런 글감을 추가해 보세요. 이 책을 참고해보시라는 등등의 피드백 따위를 말이다. 글도 기브앤 테이크다. 주는 대로 나는 피드백을 주고 공감을 표현한다. 한 달에 한 번씩 책방에서 열리는 북토크는 우리에게 선물과도 같은 글감이 된다. 작가와의 설레는 만남은 물론이고, 작가와의 대화와 질문 속 답을 통해 새로운 깨달음이나 지혜를 얻게 된다.

매 순간 매번 북토크에서 나는 다양한 느낌을 받았다. 이상희 작가님과의 만남에서는 잔잔함과 따듯한 그림책의 영감을 받았고, 마름모 출판사와 정아은 작가님이 함께한 북토크에서는 통통 튀는 재미있는 느낌과 깊이 있는 울림을 받기도 했다. 최근 참여한 김홍민 대표님의 북토크에서는 이렇게 재미있는 소설이 있다고? 평소 큰 관심이 없던 미야베 미유키 작가와 소설에 관해서도 적지 않은 충격을 받았던 것 같다. 이런 상황에 어찌 북토크를 외면한단 말인가. 나는 기회가 닿는 족족 북토크를 열고 작가를 섭외한다. 재고를 신경 쓰지 않는 건 아니지만, 작가와의 만남이 나와 책방과의 크나큰 소통의 창구가 될 것이라는 믿음이 있어서 일단 저지르고 본다.

누가 이야기했던가. 추진력 하나는 대단하다는 말을 들을 정도로 나는 어느새 추진력 왕이 되어가고 있다. 글을 쓰는 것도 마찬가지다. 우물쭈물하다가는 한 글자도 나아가지 못한다. 특히 우리가 글 쓸 때 '누군가에 잘 보이고 싶어서'라는 마음이 제일 큰 것 같다. 나라고 왜 안 그러고 싶겠는가. 잘 보이고 싶다. 편집자의 눈에도 들었으면 좋겠고 독자들의 사랑을 듬뿍 받아보고도 싶다. 하지만 지금의 내 위치를 알고, 내가 쓰고 싶은 글을 쓸 수 있는 플랫폼이 있다는 것만으로도 감개무량하다.

그런 마음을 완전히 내려놓지는 못하겠지만, 일단 써라. 누가 읽든 말든, 다 버릴 각오로 (이 말은 정아은 작가님의 책에서도 일부분 나오기도 했다!) 글을 써보는 자세가 필요하다. 다만, 너무 일기 형태의 글이 되지 않도록 독자가 앞에 있다고 가정하면서 글을 써나가는 자세는 필요하다. 브런치스토리에 글을 올리는 건 일종의 암시와도 같다. 나는 오늘 쓴다. 나는 오늘 쓸 것이다. 나는 오늘 브런치 글을 발행한다. 나에게 주문을 걸어본다. 그러다 보면 어느 순간 자리에 앉아서 블루투스 키보드를 두드리고 있다.

어제 브런치 작가에 합격한 현정 님의 합격 소식이 더없이 반가운 건 이런 나의 마음이 동했기 때문이 아닐까? 내가 브런치에 합격한 것 이상으로 사실 기뻤다. 함께 책방에서 매주 만나고 글을 쓰면서 서로의 일상을 알아간다. 글을 쓰고 싶었던 그녀와 글을 알려주는 내가 만났다. 자신만의 글을 써나가는 그녀를 보면 내심 뿌듯하고 자랑스럽기도 하다. 책방에서 책도 보고 책도 읽고 책도 쓴다. 책방은 사랑을 싣는다. 매주 독서 모임에 참여하는 그녀가 떠오른다.

자전거를 타고 쌩쌩 달려오는 그녀, 책방 앞에 자전거를 주차한다. 단아한 모습의 또 다른 그녀. 어느 날은 조금 더 화려하고, 어느 날은 동그란 눈이 돋보이는 자태로 책방에 들어선다. 목요일 오전 독서 모임 시간이다. 늘 그렇듯 우리는 함께 각자의 자리에서 책에 관한 이야기를, 나에 관한 이야기를 나눈다.

이번 주도 늘 그렇듯 독서 모임이 진행되었다. 우리 책방에는 아이가 어린 부모도 참석하고, 아이가 어느 정도 성장한 부모도 참석한다. 평일 오전 시간에 주로 열리기에 엄마들이 주로 책방을 방문한다.

독서 모임을 하면서 느끼고 깨닫는 것들이 참 많다. 독서 모임이기에 주로 책에 관한 이야기를 나눌 것 같지만, 꼭 그렇지는 않다. 책에서 나오는 이야기를 주제로 우리만의 이야기를 나눈다. 이번 달 독서 모임 선정도서는 바로 류시화의 <좋은지 나쁜지 누가 아는가>다. 정말 제목처럼, 인생이란 그런 것 같다. 좋다고 생각하던 것들이 꼭 좋지만은 않은 일도 있고, 나쁘다고 생각했던 것들이 오히려 좋은 인연이 되어 오기도 한다. 마치 주문과도 같다. 매일매일 선택이 이루어지는데, 우리는 매번 최선의 선택을 한다. 최고의 선택이 될 수 있도록 매일 고군분투하지만, 언제나 후회나 미련을 둔다.

매일 새로운 날이다. 독서 모임도 한 달 동안 다루는 책을 가지고 매주 새로운 이야기를 나누고 우리들의 이야기로 꾸민다. 그림책 모임에 참여하는 분들도 그림책을 통해 이야기를 나눈다. 우리가 처음 만났던 책에서 와 닿았던 문구는 바로 이것이다. 독서 모임을 통해 '사람을 읽게 된다'라는 거였다.

사람에 대해 인생에 대해, 앞으로의 삶에 관해 이야기하기도 하지만 우리는 주로 우리의 일상 이야기를 자주 나눈다. 자녀와의 상황에 대해, 지금의 현실에 대해, 내가 하고 싶은 게 무엇인지? 매일 하루를 살아가는 우리들의 일상이다. 그래서 더 솔직하다. 거리낌이 없다. 서로를 알아가는 이 시간이 참 좋다.

이름도 참 예쁜 나영 님, 그리고 진아 님. 벌써 몇 개월이 흘렀을까? 매주 같은 장소에 모여 같은 책을 가지고 논다. 처음 책에다 밑줄을 긋는 것도 낯설어하던 나영 님은 이제 알록달록 다양한 색깔로 책의 여기저기를 채운다. 책을 보는 '재미'를 알아가는 모습이 보기 좋다. 뿌듯하다.

나 역시 책의 재미를 몰랐던 시절, 책을 깨끗이 보는 것이라는 생각을 하던 때가 있었다. 물론 책에 관한 취향도 다 다르지만, 내가 책의 재미를 알아가기 시작하면서 책을 마음껏 가지고 놀았다는 것이다. 책의 귀퉁이를 접고, 책의 여백에 내 생각을 적어나갔다. 좋은 문구에는 별표를 과감히 칠하고, 형광펜으로 공감 가는 부분에 밑줄을 그었다.

책의 재미를 알아가고 책을 가지고 놀게 된다. 책을 어렵게 대하면 책이 어렵다고 생각한다. 내가 그랬기에. 근처에 책이 뒹굴고, 책이 바닥에도 테이블에도 식탁에도 놓여있다면 손만 뻗으면 닿을 거리에 책이 있다면, 책이 가까워지고 쉬워진다.

독서 모임은 사람을 알아가고 사람에 스며든다. 책을 읽으면서 함께 울기도 하고 웃기도 한다. 그림책 모임에서도 그림책 하나를 통해 눈물이 터지기도 하고, 웃음이 터지기도 한다. 책이라는 건 같은 맥락이다. 그림책이든 책이든 함께 나눌수록 기쁨과 감동이 커진다. 자녀를 육아하면서 어렸을 때의 기억이 떠올라 슬며시 웃음 지어지기도 한다. 한편으로는 그때의 기억이 나서 눈시울이 붉어지기도 한다. 사춘기 자녀를 대하면서 속상하기도 하고 궁금하기도 한 지금의 이야기를 나누기도 하고, 책을 통해 알게 된 깨달음을 함께 나누기도 한다. 현재 가지고 있던 고민을 풀어놓기도 하고 독서 모임에서 나눈 이야기들을 통해 또 다른 해결책을 얻어가기도 한다.

혼자만의 고민이라고 생각했던 것들이 실상 털어놓고 이야기하다 보면 '너도 그랬어? 나도 그랬는데' 하는 순간들을 만나게 된다. 책을 통해 글을 통해 우리는 서로의 일상을 나누고 공감한다. 함께 기뻐하고 함께 슬퍼하기도 한다. 그래서일까? 독서 모임을 매주 진행하면서 만난 그녀들을 통해 진한 애정과 관심이 샘솟는다. 육아를 함께하는 동지애를 느끼기도 하고 서로의 꿈을 응원하기도 한다. 모두 상황이 다르고 사는 곳도 다르고 생각도 다르지만 우리는 책이라는 매개체를 통해 이 시간만큼은 하나가 된다. 독서 모임을 통해서 어린 시절로 돌아가기도 하고, 내 아이가 어릴 적 그 시절을 마음껏 그리워하고 누리고 간다. 때 묻지 않은 아이를 대할 때의 마음가짐으로 우리는 다시금 아이를 처음 만났던 그때로 돌아간다. 엄마 곁에서 늘 함께하던 그 조그맣던 아이를 생각하고 사랑하는 마음을 마음껏 표현하기도 한다.

독서 모임이 왜 좋은가? 라고 묻는다면 '책이 좋아서' 그리고 '사람이 좋아서'라고 답하고 싶다. 다음 달에는 또 근사한 책을 한 권 선정해두었다. 벌써 떨리고 기대가 된다. 우리 독서모임회원님들과 함께 나눌 이야기가 벌써 기대가 된다.

우리는 책방에서 만났습니다

플룻을 켜던 여인이 있었다. 음악을 했다고 한다. 플룻을 연주했다고 한다. 지금은 남편과 함께 가게를 운영하며 아이들의 육아에 온 정성을 쏟고 있었다. 그런 그녀가 우리 책방에 왔다. 은지 님의 첫인상이 기억 남는다. 그녀가 책방에 들어오던 순간 왠지 모를 환한 빛이 비치었다. 다소곳하지만 호기심 가득한 눈으로 나와의 첫 만남을 가졌다. 책방 안을 둘러보던 그녀, 궁금했던 말들을 쏟아내던 그녀. 그녀가 생각이 난다.

내가 운영하는 블로그를 통해서 '자기 계발'을 배우고 싶다고 했고 그렇게 우리의 첫 블로그 수업이 진행되었다. 이전에는 블로그 수업을 1~2회기로 진행했지만, 이제는 적어도 4회의 수업 기간을 가진다. 때에 따라서 수업 횟수를 늘리기도 한다. 본인의 의지가 있다면 말이다. 사실 블로그도 글쓰기도 끈기와 노력의 결과물이다. 아무리 사소한 글이라 해도 (댓글이라도!) 생각하고 글을 적고 글을 저장한다. 글을 아무렇게나 올리지는 않는다. 우리는 생각을 하고 글을 올린다. 어떤 단어를 적지? 어떻게 말을 하지? 우리가 일상의 대화를 할 때처럼 우리는 글을 적는다. 다만 글은 한 번 더 정제된 언어다. 말을 할 때는 순간순간 내뱉어지지만, 글은 반드시 생각하고, 쓰는 행위가 더해져야 글이라는 결과물이 나온다.

그렇게 그녀와 글쓰기를 시작했다. 아이디만 있던 휑하던 블로그를 처음 세팅했다. 기본적인 소개 글을 적고 타이틀 제목을 생각해 본다. 잠시 곰곰이 생각에 빠지던 그녀. 망설이는 듯싶더니 바로 타이틀 제목을 정하고, 자신만의 소개 글을 적어 올린다. 평소에 책을 통해, 육아서를 통해 생각하는 힘이 단련되었음을 언뜻 느낄 수 있었다. 블로그 수업을 하면서 말이다. 우리의 삶 속에 채움이 있으면 차곡차곡 채움이 넘칠 때 글이 된다. 우리가 매주 마주하는 일상이 그렇고 마주하는 사람 경험이 그렇다. 우리가 매일 마주하는 책이 그렇고 환경이 그렇다. 우리 주변에 어떤 것이 있느냐에 따라 나의 샘물이 찰랑찰랑 채워진다. 허전했던 블로그가 생기를 더해간다. 그녀의 블로그 카테고리를 크게 3개로 구분했다. 그녀의 주 관심사는 단연 아이들이었다. 우애 좋은 형제라는 단어가 그녀의 일상을 보여준다. 책 이야기를 시작으로 그녀의 블로그가 시작되었다. 블로그의 처음 시작 글, 사진과 이미지를 올리는 방법, 책 이야기를 올릴 때 사용하면 좋은 인용구나 스티커 등등. 매주 한 시간 동안의 수업 시간이지만, 그녀는 열정적이었다.

숙제 과제를 꼬박꼬박 저장해 왔다. 매주 금요일은 그녀와의 만남의 시간이다. 전날까지 저장해 두었던 책 이야기를 우리는 함께 정리해 나간다. 사진을 더 밝게 조정하고 글자 색을 바꾸고 스티커를 하나둘 추가해 나간다. 순간순간 글이 날아갈 뻔할까 봐 조마조마해하던 그녀의 모습이 떠오른다. 그만큼 그녀는 블로그에다 진심이었다! 글쓰기에 진심이었다. 지난주 일상이야기를 올리기로 했다. 내가 운영하는 최고그림책방 네이버 카페는 블로그를 시작하는 회원들이 자신들의 일상 이야기를 올리고 있다. 마음껏 자신들의 이야기를 공유하면서 함께 성장이 일어나는 곳이다. 은지 님의 글도 올라왔다. 나와의 수업 시간에 진행하려고 했던 블로그 글이 그대로 발행되었다고 한다. 수업 시간에 한 번 더 피드백을 받고 발행하려고 했다는 그녀의 말에, 그럴 필요 없다고 알려준다. 그녀의 블로그 글은 이대로도 충분했다!! 3~4번의 수업 시간에 피드백을 받고 블로그 글을 올리고 점검받으면서 그녀의 이야기가 제법 탄탄하게 이루어졌다. 나 역시 이렇게 이른 시간에 놀라울 정도로 블로그를 일상을 쏟아내는 그녀가 신기하게도 느껴졌다. 그녀는 글 쓰는 사람이었다.

어제 책방에 방문한 또 다른 그녀는 학원 선생님이었다. 학원을 운영하면서 지금 관리하는 블로그를 재정비하는 시간을 가져보았다. 매주 금요일 10시는 선생님과의 약속 시간이다. 봄처럼 아니 여름처럼 화사한 옷을 입고 등장한 그녀. 오늘 약속이 있다고 한다. 평소에도 자신을 돋보일 줄 아는 그녀는 오늘따라 더욱 화사해 보였다. 손가락에 끼운 링반지처럼, 그녀는 자신을 나타내고 표현할 줄 아는 사람이었다. 블로그 첫 화면은 생각보다 중요하다. 내가 들어가고 싶은 곳이 되어야 한다. 블로그 수업 시간에는 첫 화면부터 다시 설정해 나간다. 이전에 칙칙하고 눈에 잘 들어오지 않던 블로그 화면을 타이틀부터 바꾸어나갔다. 기존의 글이 있어서 카테고리를 분류하고 수정작업을 해나갔다. 그녀의 블로그가 채워져 나간다. 최근 공지가 한눈에 들어온다. 차분한 듯 수업 시간을 잘 따라오는 그녀의 모습에서 끈기가 느껴진다. 요즘 중고등학생 중간고사 시험 기간이라 선생님들의 일상 이야기도 듣게 되었다. 학교 시험 준비하는 친구들도 열심히 하지만, 학생들을 지도하는 선생님들 또한 저녁 식사는 당연하듯 거르고 몇 시간 동안 강의하면서 목소리가 셀 정도로 열정을 쏟아내는 일상이야기를 들을 수 있었다. 나 역시 강의하고 나면 온 에너지를 집중하느라 끝나고 나면 맥이 풀리는 거다. 긴장감이 훅 풀리는 거다.

학원 블로그 세팅하고, 블로그 내용과 이미지가 하나둘 채워져 나간다. 이전에 몰랐던 것들을 '이렇게 쉽게 할 수 있다고'를 알게 되는 순간 블로그도 재미가 붙는다. 학원 블로그, 개인 블로그까지 초기 세팅을 마치고 자신만의 일상 여행 이야기를 블로그에 기록해 나가고 싶다고 말하는 그녀의 모습에서 설렘을 느낄 수 있었다. 아이들과 함께한 여행 사진들을 블로그에 하나둘 보관해놓고 싶다는 그녀를 보면서 가족들을 생각하는 진심 어림이 느껴졌다. 책방에서 블로그를 배우고 글쓰기의 재미를 알아가는 그녀들이 참 소중하고 의미 있다. 내가 늘 올리는 글이고 하는 일이지만, 누군가에게는 설렘이 되고 자기만의 세상을 열어가는 돌파구가 된다는 사실에 나는 오늘 한 번 더 깊은 깨우침을 얻게 된다. 내가 운영하는 <최고그림책방> 네이버 카페에는 또 하나의 가슴 뭉클한 글이 올라와 이 지면을 빌어 소개해볼까 한다.

2023년 처음 김포로 이사를 와서는 사람도 없고

낯선 환경에서 갑자기 책을 읽고 싶다는 생각이 들었습니다. 오랜 직장생활을 마친 지 얼마되지 않았던 터라 지금까지 마음속으로만 다짐하고 지키지 못했던 것 중 하나가 독서였거든요. 그렇게 일주일에 한 번 독서 모임을 나가며 한 달에 한 권 책을 읽어 나갔어요. 가끔 책 읽는 게 귀찮아 의무적으로 읽은 적도 있었지만, 그 역시 저에게는 책을 더욱 좋아하게 되는 계기가 되었는지 모르겠습니다.

제가 읽어본 적 없는 장르의 도서도 접해보면서 편독하지 않고 독서를 할 수 있어서 좋았습니다. 혼자 서점에 책을 사러 갔다면 사지 않았을 것 같은 어렵다고 느껴졌던 책도 독서 모임에서 만난 분들의 이야기나 생각을 함께 공유하며 읽으니 더욱 재미있었던 것 같습니다. 무엇보다 제가 책 읽는 모습이 자주 가정에 비치면서 남편도 아들도 책 읽는 시간이 많아졌다는 사실~아주 긍정적인 변화였죠 (중략)

마지막 독서 모임 날에 작가님이 남편에게 책을 선물해주셨습니다. 제가 독서 모임 때 남편 이야기를 가장 많이 하거든요. ㅋㅋ 남편과 작가님이 서로 잘은 모르지만, 작가님이 제 남편 이야기할 때 가장 신나게 웃어주셨던 기억이 있네요. 남편이 읽어보고 너무 좋다고 백번 칭찬한 작가님이 남편에게 선물한 책 사진 살짝궁 첨부해봅니다.

모두 행복하시고 최고그림책방 승승장구 번창하길
바랍니다👍

　책의 메시지를 전하는 진아 님을 통해 책방의 존재
이유를 다시 한번 느끼게 된 시간이었다. 김포에 이
사 온 지 얼마 되지는 않았지만, 밝은 봄 햇살처럼
밝은 웃음으로 매주 책방을 방문해주었다. 추운 겨울
날에도 화창한 봄날에도 그녀는 통통 튀는 매력으로
독서 모임에 참여했고 책과 함께 웃고 울었다. 그림
책과 미술을 접목한 수업에도 관심이 있어 훗날 그녀
와 함께 책방 안 작은 클래스를 마련해볼까 구상 중
이다. 기회는 또 다른 기회를 낳는다고 하지 않았나?
책을 통해 사람을 알게 되었고 책과 함께한 인연은
누가 뭐라 해도 오래갈 거라는 걸 나는 알고 있다.
책방 문을 드나들던 그녀들의 발길에서 책의 향기가
전해지고, 그 향기는 가정에서 남편과 아이들에게도
잔잔히 전해지리라.

　책이라는 메시지는 곧 사람이 전해주는 것이다. 진
아 님을 통해, 은지님을 통해, 책방을 방문해준 모든
이들이 함께 울림이 되어 책을 가정으로 전한다. 독
서 모임에서 함께 나눈 책이 은연중에 가족에게 전해
지고, 그 가족이 학교와 사회에 책이라는 메시지를
전할 수 있다. 비록 내가 하는 일이 현재는 눈에 띄

지 않고 보잘것없어 보일지라도 시간이 흘러 단단한
작은 씨앗들이 싹을 틔우고 자라날 때 비로소 책의
메시지가, 책방의 의미가 무럭무럭 자라날 것이라고
확신한다. 좋은 책을 전하고 좋은 책을 만들고 싶다.
나와 함께 시작한 당신의 일상 이야기가 커다란 울림
이 되고 사회에 전해지는 책의 씨앗이 되었으면 좋겠
다.

오늘도 이력을 한 줄 채웠습니다

　새로운 곳을 방문한다는 건 언제나 두근거리면서 설렌다. 어제도 나는 새로운 곳을 갔다. 이전에 한 번도 방문한 적이 없지만, 으레 그런 듯 자연스럽게 네비를 켜고 목적지를 찍는다.

　아침 6시 30분에 둘째 아이를 봐주러 아이돌보미 선생님이 집에 왔다. 월요일 오전 10시 30분에 <그림책으로 함께하는 성교육> 강의가 경기도 광명에서 진행되었기 때문이다.

　강의하기 위해서는 준비해야 할 것들이 참 많다. 우선 제일 중요한 강의자료를 만들어야 한다. 이전 강의자료들을 수정하고 개선 보완해야 한다. 최근 자료를 업데이트하고, <그림책으로 시작하는 성교육>

책 내용을 바탕으로 필요한 부분을 추가하고 필요 없는 부분은 삭제한다. 두 번째로는 강의 준비다. 의상이나 머리 스타일, 화장 메이크업 등의 강의 차림을 미리 준비해야 한다. 강의 스타일은 깔끔하고 단정한, 그리고 화사하고 밝은 색상의 옷을 선택한다. 사실 처음에는 어색했다. 하지만 강의하면서 청중의 시선을 사로잡기 위해서 옷이 중요하다는 것을 깨달아간다. 처음 시선은 옷과 스타일을 향할 수밖에 없다. 평소에 즐겨 입지 않지만, 강의하는 날만큼은 화사함을 뽐내고 싶다. 그게 청중을 위한 예의이기도 하다.

마지막으로 강의 계획표를 미리 확인하고, 집에서 미리 네비를 찍고 소요 시간을 확인해 본다. 평일 낮이나 오전 시간에 강의 일정이 잡히는데, 출퇴근 시간도 고려해야 한다.

지금은 내가 아이들을 돌보고 있어, 아침 시간 아이를 깨우고 옷을 입히고 어린이집에 등원해 줄 돌봄 선생님이 나에게 절실하다. 아이 돌봄 서비스 홈페이지에 접속하고 강의 날짜에 맞추어 미리 돌봄을 신청해 둔다. 센터에서 선생님의 일정을 확인하고 (보통 한 달 전에 일정을 배정한다) 연계해 준다.

이렇게 만반의 준비를 하면서 사실 강의 전날은 잠을 설치게 된다. 떨리는 마음도, 설레는 마음도 강의 전날은 분주하다. 아이들에게도 미리 일러둔다. 엄마는 내일 7시쯤 강의 준비하고 강의를 다녀와야 한다고. 처음 오는 돌봄 선생님이라는 걸 둘째 아이에게도 알아들을 수 있도록 이야기한다. 아이 돌봄 선생님이 오면 나는 세수하고 기본 로션만 바른 채 둘째 아이에게 인사를 건네고 집을 나선다. 메이크업을 받으러 근처 예약해 둔 샵으로 향한다. 벌써 5번? 6번째인가? 우연히 알게 된 메이크업 매장은 조용하면서 분위기 있고, 차분하게 메이크업을 받을 수 있어서 자주 이용하게 되었다.

간단한 인사를 나누고, 오늘 강의를 이야기하며 어떤 스타일이 좋을지 정해보았다. 눈을 감거나 아래를 보거나 위를 보면서 눈화장한다. 기분 좋은 느낌이다. 누군가 나의 얼굴을 톡톡 두드려주고, 눈썹을 다듬어 주는 기분. 머리를 감고 급히 말리고 온 머리카락을 손질해 주는 기분도 좋다.

여유 있게 출발할 수 있었다. 경기도 김포에서 광명까지의 거리는 출퇴근 시간 더 밀릴 수 있어서 일찍 출발했다. 예상보다 더 일찍(한 시간이나 일찍) 도착할 수 있었다. 광명시 평생학습원 근처에 잠시 대기할 장소를 알아보았다. 오늘 참석하는 분들에게 전해줄 책이 있어서 미리 강의실에 가져다 두었다. 카드단말기까지 챙겨 왔다.

도보로 10분 되는 거리에 카페에 도착해서 미리 강

의 준비를 했다. (강의에 신을 구두는 차에 두고) 운동화를 신고 카페로 향했다. 구두와 함께 신을 스타킹도 미리 편의점에서 사 왔다. 아이스 카페라테를 한 잔을 시켰다. 다 먹지는 못할 거였다. 강의하는 중간에 화장실을 갈 수 없으니, 이 시간만큼은 커피양을 조절해야 한다. 한 모금을 마시고 강의에 발표할 책과 자료를 가볍게 훑어보았다. 어떤 순서로 나가야 할지 이미 전날 밤에 꼬박 보았기에, 두근거리는 마음을 진정시킬 시간이 필요했다. 이미 책도 내가 썼고 학생들을 대상으로 성교육하면서 궁금한 점들이 무엇인지는 알기에 내용을 한 번 더 점검한다는 기분으로 살펴보았다.

아이코리아에서 주관한 이번 교육은 올해 첫 번째로 이루어지는 교육이었다. 어린이집을 운영하면서 나에게 연락해 준 아이코리아 회장님에게 고마운 마음이 들었다. 어린아이들을 양육하는 부모님들에게 무엇보다 뜻깊고 의미 있는 자리가 될 거라는 걸 알았다.

강의는 성공적이었다. 2시간이라는 시간이 무색할 만큼 하고픈 이야기들이 쏟아져 나왔다. 단 한 명도 졸지 않고, 나에게 온 신경을 집중하는 모습이 특히나 인상적이었다. 어머님들이, 선생님들이 모인 이 자리가 '나라는 사람을' 더 나은 사람으로 만들어주었다. 더 많은 것을 전하고 싶었고, 기대하고 바라봐주는 시선에 하나라도 더 전하고 싶었다. 정말 아낌없이, 열정적으로 강의했다.

나의 그 마음을 알아주는 것만으로도 고마웠다. 강의 중간중간에 그림책 제목 맞히기 등의 다양한 퀴즈를 내면서 퀴즈를 맞힌 분들에게는 나의 책 <하루 10분 그림책 읽기의 힘>을 선물로 드렸다. 강의가 끝나고 책 한 권 한 권에 마음을 담아 사인해서 전달해 드렸다. 강의가 너무 도움 되었다며 좋아하는 모습에서 나는 또 한 번의 희망을 발견한다. 속으로 말했다.

여러분들이 그림책 메신저입니다. 여러분들이 성교육 메신저입니다.

나의 강의에 참석한 분들은 바로 그날부터 용어의 정의부터 다시 시작할 것이다. 정확한 용어를 사용하는 그 첫걸음이 바로, 인식의 변화이고 성교육의 시작이 된다. 적어도 내 강의를 들은 분이라면, 그간 가지고 있던 고정관념이나 편견을 벗어나 새로운 인식의 전환점이 될 수 있다. 열정적으로 강의를 마치고, 한 분 한 분에게 사인하고 나의 책을 전달하는 과정에서도 질문이 한 개 두 개 들어온다.

선생님에게 털이 났냐고 다른 친구들이 있는 상황에서 물어보았다는 어린이, 남자와 여자를 어떻게 구분할 수 있냐며 벗어봐야 알 수 있는 거라고 말하는 어린이, 텔레비전에 나오는 아이돌이 배꼽이 드러나는 배꼽티를 입는 것을 보고 왜 저런 옷을 입느냐고 묻는 어린이 등등. 우리의 일상생활 속에서 그간 궁금했던 질문들이 쏟아져 나왔다.

사실 개인적으로 선생님이 털이 났냐고 질문하는 건, (어린 친구들의 경우) 정말 궁금해서 물어보는 경우이겠지만, 다른 사람들이 함께 있는 자리에서 해당 질문은 상대방을 불편하게 할 수 있다. 이런 경우는 어른이 되면 털이 자라는 상황을 설명하고, 많은 사람이 있는 자리에서는 상대방을 불편하게 할 수 있기에 주의를 환기하도록 알려주는 것이 좋다.

배꼽티는 개인의 취향이고, 남자든 여자든 혹은 연예인이든 비연예인이든 각자 자유로운 의상과 옷을 선택하고 입을 수 있다. 사실 배꼽티 자체는 문제 되지 않는다. 하지만 아이들이 함께 시청하는 자리에서 보기 불편할 정도로 노출이 있거나, 불편감을 느낀다면 아이들에게도 어떻게 생각하는지 물어볼 수 있다. 엄마·아빠의 생각은 어떤지 이야기하면서 개성의 표현이나 신선하고 멋진 의상이라고 표현할 수도 있다. 중요한 건 나와 너의 모습과 외모 생김새가 다르듯이 생각과 표현도 다를 수 있다는 걸 알려주고, 아이들 스스로가 어떤 생각을 하고 있는지 들어보는 거다. 있는 그대로를 인정하고 존중하면서 (이게 맞다 틀리

다가 아닌) 나는 어떻게 행동하고 옷으로 표현하고
싶은지 생각해 보는 시간은 중요하다.

　강의가 끝나면 진한 여운이 남는다. 부모님들과 함
께한 이 시간이 켜켜이 내 안에 쌓인다. 하나라도 놓
칠세라 나를 따라오는 집중하던 눈빛들을 나는 기억
한다. 나무에 새겨지는 나이테처럼, 내 안에는 강의장
을 가득 메운 열기로 그림책 메시지가 하나둘 새겨진
다. 늘 그림책을 읽어주기만 하던 부모님들에게 나는
반대로 그림책을 읽어준다. 잔잔한 목소리를 한 글자
한 글자 그림책을 읽어주는 소리에, 귀를 쫑긋 기울
인다. 진심을 전하고 진심을 나눈다. 나의 강사 인생
은 지금부터 시작이다.

쓰지 않으면 인생은 바뀌지 않는다

"일요일에 뭐 하세요?"

누군가 묻는다면 이렇게 말하면 어떨까?

"글 써요"

글 쓰는 날이라고 말이다. 목욕하다가 젖은 수건을 건조기에 돌려두고, 나는 노트북 앞에 앉았다. 똑같은 브런치인데 어느 날은 하얀 여백이 꽉 찬 듯 답답하게 느껴질 때가 있고 (글이 잘 안 나올 때를 말한다) 또 어느 날은 대차게 써 내려가는 요술 지팡이 같다. 각자의 이야기를 뿜어내고 또 누군가는 우리의 글을 읽는다. 사실 글쓰기도 습관이다. 글쓰기 근육이 붙어 있지 않으면 시간이 주어져도 자리가 주어져도 커피가 주어져도 쓰기 어렵다. 나는 요리나 살림에는 관심이 없다. 많이 해보지 않아서 잘 모른다. 내 관심사에서 조금 떨어진 분야이기도 하다. 그래서 내가 하는 대신에 맛있는 반찬을 그때그때 사 먹는다. 한 달에 한두 번쯤은 청소 요정님을 요청한다. 그러면 집이 훨씬 깔끔하다.

분야마다 전문가는 늘 있다. 나는 그림책 성교육 전문가다. 30대 중반에 집 근처 작은 도서관을 드나들면서 책과 친해졌다. 자기 계발, 에세이, 독서에 관한 분야를 읽어나갔는데, 그중에 몇 권은 나의 인생 책이라 불러도 좋은 정도로 내 인생에 크나큰 영향을 미쳤다. 아이들의 독서교육에 관한 책도 있었다. 책이 다 거기서 거기 아니야? 라고 말하는 사람도 있겠지만, 다 거기서 거기는 아니다. 나랑 맞는 책이 있고 맞지 않는 책이 있을 뿐이다. 나의 의식 수준이나 타이밍에 찰떡같이 맞아떨어지는 책들은 나에게 인생책이 된다. 이상화 작가님, 김병완 작가님, 짐 트랠리즈, 육일약국 약사님은 그 당시 나에게 감명과 깊은 깨달음을 준 작가님이다. 책을 오랜 기간 아주 많이 읽어주라는 메시지를 접하고 나는 실천에 옮기기 시작했다. 책은 또 다른 책을 불렀고 아이와 함께 도서관 나들이를 시작했다. 책은 그림책으로 연결되었고 아이에게 그림책을 많이 읽어주었다. 책을 읽으면서 나도 책이 쓰고 싶어졌다. 제대로 원고 작성하는 법을 배우고 책이 한 권 두 권 출간되기 시작했다. 만약 거기에서 멈추었다면, 책과 함께 성장도 멈추었을 거다. 하지만 나는 거기서 계속 글을 쓰기 시작했다. 좋은 생각에 원고를 지속해서 응모하고, 그 글은 브런치에도 연재하기 시작했다. 방문간호사를 3년 동안 하면서 좌충우돌 에피소드를 매일 아침 적어서 내려고 갔다. 그 당시 투고한 원고가 한 출판사와의 인연으로 계약하기도 했었다.

당시 인연을 맺었던 더블엔 출판사 대표님과 함께 작업한 책이 바로 <그림책으로 시작하는 성교육>이다. 2023년 12월 25일 크리스마스 날에 출간된 의미 깊은 책이다. 내 인생에 책을 꽂으라면 나는 단연 이 책을 꼽고 싶다. 내 인생의 큰 전환점이 되어준 책이기 때문이리라. 브런치스토리에 올린 그림책 성교육 원고 글을 보고 도서관사서가 강의 요청을 한 것을 시작으로 '그림책 성교육 전문가'라는 자리를 만들어 나갔다. 세상에는 이미 존재하는 일과 직업도 많지만, 아직도 만들어지지 못한 직업과 일도 정말 많다. 완벽한 직업을 만들어 나가고 있다는 이 말을 참 좋아한다. 기존에 존재하지 않았지만, 그림책과 성교육을 함께 구상해 성교육을 할 수 있다는 생각 자체가 신선하고 재미있고 쉬웠다. 특히 성교육은 십 대 청소

년에게만 해당하는 거 아니야? 라는 기존에 갖고 있던 고정관념과 틀을 완전히 바꾸어놓았다. 4세, 5세 유아 친구들이 가정에서 부모와 함께 할 수 있는 성교육이야말로 지금 이 시대에 절실하게 필요한 교육이라고 생각한다.

세상을 살아가는데 필요한 교육이 많지만, 학교 교육에서 빠져있다고 생각하는 것이 돈 교육, 성교육, 책 교육이다. 하루하루 생활하고 살아가는데, 돈은 정말 중요하다. 돈의 가치를 알고, 돈을 제대로 사용하는 방법을 아이들이 어렸을 때부터 함께 나눌 필요가 있다. 세상에 하나뿐인 나라는 존재가 세상에 태어나서 죽을 때까지 이루어지는 성교육은 인문학이다. 수학이나 영어처럼 분리해서 교육받을 것이 아니라 어릴 때부터 나를 가장 잘 아는 부모와 함께 일상에서 자연스럽게 성교육이 이루어질 때 자신을 지키는 힘을 키우고 더불어 상대방을 배려하는 자존감이 높은 사람으로 성장해나갈 수 있다. 책 교육은 어떨까? 내가 강의할 때마다 늘 하는 이야기가 있다. 어릴 때 책을 많이 읽어주던 부모도 아이가 학교에 입학하고 글자를 알기 시작하면 책 읽어주는 행위를 멈추는 게 가장 안타깝다고 말이다. 우리는 책을 제대로 읽는 방법을 배우지 못했다. 책이라는 건 즐거움이자 놀이, 재미로 어른으로 성장할 때까지 꾸준히 이어져야 하는 친구와 같은 것이다. 하지만 우리가 일상에서 만

나는 책들은 진도와 과제, 숙제에 치우쳐 아이들도 어른도 책에 관한 흥미를 잃어버리고 만다. 책을 제대로 읽으려면, 책의 재미를 알려면 재미있는 책을 많이 만나고 내가 읽고 싶은 책을 읽고 싶은 부분만 보아도 된다는 것을 알아야 한다. 무조건 글 책만 보는 게 아니라, 만화책도 원 없이 볼 수 있는 시간과 공간을 제공해주어야 한다. 나 역시 이런 책의 재미를 30대가 훌쩍 지난 어느 시점에 알게 되었다. 아이를 낳고 육아하면서 집 근처 작은 도서관에 다니기 시작하던 무렵 나는 책의 재미를 '처음으로' 알기 시작했다. 책이 재미있을 수도 있구나! 하는 사실을 처음으로 느꼈다.

책을 읽다 보니 책에 나온 작가들처럼 책이 쓰고 싶어졌다. 독서 노트를 적고 나에게 필요한 글쓰기 강의를 들어가며 나는 그렇게 내 인생의 첫 번째 책 <책 먹는 아이로 키우는 법>을 출간하게 되었다. 글쓰기를 시작하지 않았다면 지금처럼 10권의 책을 출간하는 다작가가 되지 못했을 것이다. 글쓰기를 시작하지 않았다면 지금처럼 '성교육 전문 강사'로 활동하기 어려웠을 것이다. 책이라는 소재로 나의 글이 사람들에게 전해지고 읽힌다. 내가 매일 누군가를 만나고 상담하진 않지만, 책은 매일 누군가를 만나고 나의 이야기와 메시지를 전하고 있다. 나의 책을 통해 강의 요청을 하거나, 개인적인 상담이나 고민을 이야기하기도 한다. 쓰고 싶은 글을 쓸 수 있다는 건 어쩌면 내 인생에 가장 필요하고 가치 있는 일이 아닐까?

하나의 단어가 한 줄이 되고, 한 줄이 모여 5줄 10줄이 되는 경험은 글쓰기를 시작하고 꾸준히 글쓰기를 실행하는 사람이 얻을 수 있는 값진 경험이다. 누구나 글을 쓰는 것은 아니다. 나는 글을 못써. 라는 평생 가지고 있는 잘못된 생각 때문에 글쓰기를 두려워하는 것이다. 하지만 글은 그런 것이 아니다. 내 인생의 경험이 있고, 인생의 고난과 역경을 버티고 지내오는 모든 이들이 쓸 수 있는 것이 글이다. 나라는 사람이 고난과 역경을 맞닥뜨리면서 어떻게 이렇게 지내오게 되었는지를 사람들에게 전하고 용기를 주고 희망의 메시지를 담아내는 방법이 바로 글쓰기다.

글을 쓴다는 건 누군가와 소통하고 싶다는 뜻이다. 내 글을 읽고 지금 당신에게 필요한 것들을 찾아갔으면 하는 바람이다. 조금이라도 도움이 되었으면 하는 바람에 글쓰기를 시작하는 것이다. 원 없이 도서관에서 책을 빌려다 읽은 시기가 있었고 반납하는 당일 원 없이 책 사진을 찍은 시간이 있었다. 추운 겨울날 책을 담고 다니던 책 캐리어 바퀴가 난간에 부딪혀 깨지는 시간이 있었고, 추운 겨울바람에 벤치에 앉아 책을 보던 시간이 있었다. 책에 원 없이 내 시간을 내어줄 때 책은 나에게 가까이 다가온다. 주변에 책이 널려있고 침대 곁에 책이 있다는 건 내가 책과 친해졌다는 뜻이다. 첫째 아이의 주변에도 책이 널려있다. 유튜브를 보고 영상을 보더라도 아이는 책으로 다시 돌아온다. 읽고 싶은 책이 곁에 있고 보고 싶을 때 책을 본다. 아이는 책과 소통하고 책을 늘 곁에 둔다. 소설도 좋고 만화책도 좋고 자기 계발 에세이도 좋고 경제 서적도 좋다. 내가 좋아하는 작가의 책이 있다면 그 책에서 시작해도 좋다. 고명환 작가의 말처럼, 책에 흥미를 느끼지 못한 사람들은 아직 재미있는 책을 만나지 못한 것이라는 말에 나도 백번 천번 동의한다.

당신이 책을 좋아하지 않는 이유는 아직 당신의 흥미를 일으킬 만한 재미있는 책을 만나지 못해서다. 재미있는 책을 만나려면 어떻게 해야 하는가? 내 주변에 서점이나 책방에 가도 좋고, 20권 가까이 빌릴 수 있는 도서관에 가도 좋다. 마음껏 책을 빌려오고 마음껏 책을 반납해보자. 다 안 읽어도 좋다. 20권 중 단 한 권이라도 마음이 끌리는 책이 있다면 그 책을 마음껏 읽어보자. 책이라는 건 자유를 줄 때 비로소 책이 나에게 다가온다. 처음부터 끝까지 읽어내려는 마음을 내려놓을 때 책이 재미로 다가온다. 내가 이런 이야기를 할 수 있는 건, 내가 책을 싫어했던 사람이었고 왜 책이 싫었는지 그 이유를 너무나 잘 알고 있기 때문일 거다. 책을 안 좋아하는 사람들의 마음을 알고, 어떻게 하면 책이 재미있고 쉬워질 수 있는지 방법을 알려주고 싶다. 책이라는 재미를 알기 시작하면, 글도 쓰고 싶어진다는 사실도 말이다.

아무도 보지 않는 곳에서 내가 하는 일이 나의 가치를 만든다. 누군가 알아주지 않아도 누군가 보지 않아도 내가 알아서 묵묵히 내 글을 쓸 때 한 줄 한 줄 축적된 글이 모여 내 인생의 글이 만들어진다. 이때까지 남의 글을 보기만 했다면 이제는 나의 글을 써보자. 재미있는 글을 보기만 했다면, 이제는 나만의 재미있는 이야기를 한번 적어보자. 책을 마음껏 읽고 만나는 경험은 인생에 한 번쯤 꼭 필요한 일이다. 책과 함께하는 여행은 나만의 가치 있는 자산으로 돌아온다. 책을 싫어했지만, 책과 함께하는 경험 덕분에 책이 좋아지고 글 작가로 사는 나처럼 당신의 일상에도 책의 재미가 내려앉았으면 좋겠다. 아무도 알아주지 않지만, 나는 앞으로도 책의 재미를 전하고 그림책 읽어주기의 힘을 전할 것이다. 그게 곧 내 인생의 사명이자 인생의 의미일 테니 말이다.

쓰지 않으면 인생은 바뀌지 않는다

7

송나영

두 아이를 키우며, 인생의 뒤늦은 사춘기를 혹독하게 지나고 있습니다.

알아갈수록,
이해하고 사랑할 수 밖에 없다는 말을 찰떡같이 믿고,
계속해서 배우는 삶을 꿈꿉니다.

어떤 만남, 사람 책

읽기 모임에서는 엄밀히 말하면 책에 집중하는 게 아니라, 그 책을 읽은 사람에게 집중한다. 책을 보는 것이 아니라 한 사람이 소화해 낸 내용을 듣는 것이다. 독서할 때 책에 집중하는 것처럼 읽기 모임에서는 말하는 사람에게 집중한다. 다양한 직업을 가진 사람들의 각기 다른 재능과 능력이 어우러지면서 서로 영향을 주고받는다.

남낙현, <우리는 독서모임에서 읽기, 쓰기, 책쓰기를 합니다>

지금의 독서 모임을 알게 된 시간으로 거슬러 올라간다. 김포로 이사 오면서 가스, 수도, 전기, 아이들 전학 등을 알아보기도 전에 나는 새로운 동네 독서 모임을 검색하고 있었다. 아마도 기존에 참여하던 독서 모임의 흐름을 끊고 싶지 않아서였을 거다. 오래간만에 재미를 붙인 책 읽기, 그리고 같은 책을 읽은 사람들과 나누는 대화의 맛을 잃고 싶지 않았다. 그렇게 그림책방에서 열리는 독서 모임을 찾아냈고, 참여를 신청했다.

나는 부지런한 사람은 아니다. 해야 할 일을 마치기는 하지만 그 시점은 늘 최대한 미룰 수 있는 시점까지 미루다가 기한이 임박해서였다. 하지만 이번만큼은 달랐다. 부지런히 움직였다. 이사 온 이틀째, 아직 짐 정리도 끝내지 못한 어수선한 집을 뒤로하고 나는 독서 모임에 참여하였다. 이번 독서 모임에서 나는 어떤 사람들과 책 이야기를 나누게 될까? 설렘 가득한 마음으로 그림책방에 들어섰다.

첫 선정도서는 우연찮게 독서 모임에 관한 책이었다. 그리고 나는 내가 그토록 독서 모임을 하고자 했던 내 안의 그 마음을 알게 되었다. 독서 모임에서는 책만 만나는 것이 아니었다. 책을 읽은 사람, 나와 같은 책을 읽은 그 사람을 만나는 것이었다. 사람 책을 만나는 것, 그 사람을 읽는다는 것은 그 사람을 알아가고 배워가는 것이다. 우리는 누군가를 알아갈수록 그 사람을 조금씩 이해하게 된다. 책을 만나는 즐거움과 사람을 만나는 반가움이 모두 있는 독서 모임은 그래서 더욱 나에게 놓칠 수 없는 시간이었다.

독서 모임에 참여하는 날들이 쌓여갈수록 나에게는 소소한 변화들이 일어났다. 독서 모임에서는 책을 읽고 사람 책을 만난다. 서로의 이야기를 전해 듣는다. 책을 아무 데나 두고 편하게 읽으라는 J양의 이야기에 책을 좀 더 가까이 대하기 시작했다. 책이 서서히 나의 일상으로 들어왔다. 같은 책을 2~3권씩 구매해서 손 닿는 곳에 두고 읽는다는 이야기가 특히 더 와 닿았다. 책을 보다가 장 볼 거리가 생각나면 책에다 그냥 적어둔다는 말에도 나는 적잖이 놀랐다. 이제껏 책과 친해지라는 말은 수없이 들어왔지만, 그처럼 손쉽게 다가가는 방법은 색다르게 느껴졌다.

그 순간 내가 정말 책과 친해질 수 있겠다는 생각이 들었다. 마냥 쉽게 다가갈 수 있을 것 같았다. 그리고 나는 가벼운 마음으로 책에 다가가기 시작했고, 열린 마음으로 다가간 책을 통해 책과 친해졌다. 가볍게 다가가니 의외로 쉽게 마음이 열렸고, 진실한 마음이 전해지면서 책과 점점 깊어졌다. 내가 이처럼 책과 친해진 몇 가지 방법을 소개해보려고 한다.

첫째, 마음에 드는 문장은 주저 없이 줄을 친다.

나는 평소에 책에 줄 치는 것을 굉장히 심사숙고하는 사람 중 한 명이었다. 너무 많은 문장에 표시해두면 그 문장의 중요성이 희석될까 봐 조마조마하며 표시해두곤 했다. 그랬던 내가 그런 검열의 과정을 거치지 않고 마음에 드는 문장마다 줄을 치기 시작했다. 내가 좋아하는 문장이 많아질수록 나는 그 책에 점점 빠져들고 있었다. 그 책을 다음번에 다시 볼 때는 줄 쳐둔 문장들만 본다. 그 문장들을 보고 책의 내용을 곱씹는다. 그리고 더 와닿은 문장의 페이지는 접어둔다. 그 책을 다음번에 다시 볼 때는 그 페이지의 문장들만 본다. 그 문장은 나에게 흔적이 남기 시작한다. 책 한 권에서 한 문장, 한 문구만 나에게 각인되어도 그 책은 나에게 큰 의미가 있다.

둘째, 떠오르는 생각과 감정은 빈 곳에 무엇이든 적는다.

나는 책의 내용에 대한 내 생각과 감정을 그야말로 떠오르는 대로 쓴다. 딱히 관련 없는 내용이어도 좋다. 나의 이야기면 충분하다. 선물에 관한 내용이 나오면 나는 누구에게 어떠한 선물을 주고 싶은지 적어본다. 불현듯 떠오르는 사람, 주고 싶은 선물 등을 그냥 적어본다. 문장을 읽으며 연상되는 이미지를 그려본다. 연결되는 책들이 생각나면 적어본다. 그런 나의 이야기들이 적힌 페이지는 나만의 페이지가 된다. 그리고 그 책을 다시 한번 보면서 미소 짓게 된다. 책이 완벽한 타인에서 친한 친구가 되어가는 지점이다.

독서 모임뿐 아니라, 책방에서 열리는 북토크도 책과 사람을 만날 수 있는 자리였다. 수요일 저녁의 그림책방, 이번 북토크는 작가가 아닌 출판사 대표가 진행한다고 하는데 어떤 이야기를 어떻게 풀어나갈까? 호기심을 가득 안고 참여했다.

"오랫동안 아이를 갖지 못한 부부 이야기로 시작하겠습니다"

출판사 대표 K군의 나긋하고 잔잔한 음성으로 북토크가 시작되었다. 어떤 부부에게 일어난 일을 이야기하다가 듣는 이의 궁금증이 증폭되는 딱 그 시점에서, K군은 뒷이야기가 알고 싶다면 미야베 미유키의 책을 읽어보라 권했다. 어느 정도 눈치챘겠지만 K군이 운영하는 출판사에서는 미야베 미유키의 책을 출판한다. 자신의 출판사 책을 선보이는 방식이 신선하고 재미있었다.

글이나 말의 첫 운을 어떻게 떼는지 눈여겨보기 시작한 요즘, 가장 구미 당기는 시작이었다. 그렇게 나의 시선을 끈 그의 이야기에 나는 더 집중하기 시작했다. K군이 미야베 미유키라는 작가에게 빠져들어 출판하게 된 동기, 작가가 매력적일 수밖에 없는 이유 등을 본인의 에피소드와 작가와의 인터뷰 대화를 곁들여가며 이야기해주었다.

'매번 걸작을 만들어내는 터무니없는 작가'라는 평을 듣는 미야베 미유키 작가는 모든 영감을 책으로부터 얻는다고 했다. 심지어 슬럼프조차 책을 읽으며 극복했다고 한다. 사람들이 직접 서점에 가서 책을 샀으면 하는 바람으로 전자책 출판을 거절했다는 작가는 책에 대한 애정을 본인의 삶 자체로써 보여주고 있었다.

 K군은 자신이 오늘 결국 하고 싶은 이야기는 그러므로 우리는 책을 읽어야 한다고 했다. 대놓고 말하지 않은 듯 대놓고 말한 느낌이랄까? 사람들이 책을 많이 읽었으면, 종이책을 사서 읽었으면 하는 그의 속내가 천박하게 들리지 않은 건, 주제를 말하고자 아주 세련되게 배경을 만들어놓았기 때문이다. K군은 출판사가 제일 만들기 쉽다고 했다. 그리고 폐업하기도 제일 쉽다고 했다. 그만큼 지속하기가 만만치 않다는 것이려니 짐작이 간다. 그런데도 출판사를 지속해서 운영하는 K군의 남다른 내공이 느껴지는 시간이었다. 그리고 그의 의도에 제대로 낚인 나는 또 미야베 미유키의 책을 찾아간다.

 나는 오늘도 그림책방에 왔다. 책을 읽었지만 조금은 허전한 느낌이 들 때가 있다. 우리는 모두 혼자는 완벽하지 않다. 책을 만났다면, 이제는 사람 책을 만날 시간이다. 사람 책을 만나 알아보지 못했던 것들을 조금씩 알아간다. 그렇게 내 삶의 작은 구멍들을 촘촘히 채워간다. 독서 모임에서, 북토크에서, 사람 책과 함께하는 모든 것이 내 삶의 영감이 되어간다.

쉼표, 비워내는 시간

"나 명품백이라도 하나 사야 할까 봐. 카드로 긁어 놓고 나면 그거 갚는 핑계로라도 억지로 더 버티게 되지 않을까?"

별 관심도 없는 명품백을 사야 하나 싶은 생뚱맞은 일을 저질러서라도 들썩이는 내 퇴사 욕구를 잠재우고 싶었다. 그냥 짐짓 모르는 척하며 안일하게 살아가고 싶기도 했다. 하지만 회피하지 않기로 했다.

4년 전, 나는 회사에 퇴사를 통보했다. 초등학생이 된 둘째 아이를 돌보며 엄마라는 역할에도 집중해보고 싶었고, 내 인생에 두 번째 일을 시작하기에 마흔이라는 나이가 적당하다고 생각했다. 그렇다면 지금,

모두가 박수칠 때 떠나고 싶었다. 하지만 인생은 내 뜻대로만 되지 않았다. 회사에서는 나의 퇴사를 계속해서 만류했다. 나라는 사람을 필요한 인재로 인정해 준 건 너무나 감사한 일이었다. 하지만 아이러니하게도 그 감사의 이유가 오히려 나의 발목을 붙잡았다. 물론 회사의 입장이야 어떻든 내 뜻대로 퇴사하면 될 일이었다. 하지만 첫 직장이자 유일한 직장이었던 그곳에서 나는 유종의 미를 거두고 싶었다. 마지막 순간에 서로가 얼굴을 붉히는 불편한 상황을 연출하며 퇴사하고 싶지는 않았다. 회사에서는 나에게 계속 근무할 수 있는 조건을 맞춰주겠다고 제안하였고 나는 고민 끝에 퇴사 의사를 거두었다. 그렇게 씁쓸하게 마무리되었던 퇴사 시도, 그 후 어느새 4년이라는 시간이 지났다.

그 기간 동안 나에게 한번 생겨난 붕 뜬 마음을 잠재우고 업무에 집중하기란 결코 쉬운 일이 아니었다. 그럼에도 불구하고 나는 '초심을 잃지 말자' 스스로 수없이 되뇌며 최선을 다해 지내왔다. 하지만 나의 의지는 임원이 바뀌고 동료들이 수시로 바뀌는 힘든 상황이 이어지면서 점점 한계점에 다다르고 있었다. 아니, 솔직히 말하자면 그건 나의 퇴사 결정에 단지 계기일 뿐이었다. 내 안에서는 여전히 전과 같은 이유로 퇴사하고 싶은 마음이 계속 남아있었다. 다만 그 마음을 누르고 적당한 시기를 보고 있었을 뿐이었다. 나의 애씀이 부질없다 느껴진 순간, 나는 더는 퇴사 욕구를 억누를 이유가 없어졌다. 무엇보다도 퇴사 결심이 확고해진 건 둘째 아이 곁에 엄마의 손길이 절실하게 필요한 시점이었기 때문이다. 여러 버거운 일들이 한꺼번에 몰아닥치자 나는 버틸 힘이 없어졌고, 지쳐버리고 말았다. 그렇게 나는 퇴사를 했다.

안전하게 살아가려고 마음먹는 순간 삶은 우리를 절벽으로 밀어뜨린다. 파도가 후려친다면, 그것은 새로운 삶을 살 때가 되었다는 메시지이다. 어떤 상실과 잃음도 괜히 온 게 아니다. '신은 구불구불한 글씨로 똑바르게 메시지를 적는다'라는 말이 있지 않은가.
류시화, <좋은지 나쁜지 누가 아는가>

일어날 일은 일어나고, 누구에게나 위기의 순간이나 기회는 다르게 온다는 말들이 절절하게 와닿는 날들의 연속이었다. 한창 아이들을 키우며 사회에서의 입지를 확고히 다질 시기에 나는 모든 걸 다시 시작해야 했다. 더 일찍 하려 했으나 주저하고 있던 나에게, 이제는 그럴 수밖에 없는 상황들이 찾아온 것이다. 방목과 방임 그 어딘가의 경계에 있던 나의 육아 철학, 그리고 양가 부모님과 남편 모두의 조력, 나에게 육아는 비교적 수월하였고 아이들은 잘 자라고 있다고 생각했다. 하지만 어느 순간부터 무엇을 놓치고 있었던 걸까? 하나둘씩 예상하지 못했던 일들이 벌어지기 시작했다. 육아뿐만이 아니었다. 성취감을 느낄 수 없던 나의 일, 그렇기에 주기적으로 찾아오는 회의감. 나는 더 이상 그러한 것들을 외면하고 싶지 않았다.

그렇게 퇴사 이후 어느새 1년이라는 시간이 흘렀다. 익숙한 것들과의 결별을 시작했고 낯선 것들과의 우연한 만남을 가졌다. 그리고 그 소용돌이 안에서 여기저기 부딪혀가며 나는 여전히 혼돈의 시간을 보내고 있다. 머물던 곳에서 벗어나 모험을 시작했으니 힘이 들 수밖에 없다. 나는 내게 온 구불구불한 글씨 속의 메시지들을 읽고자 나를 돌아보고 있다. 한껏 비워내는 중이다. 비워내는 시간을 보내고 나면 또 채워가는 시간이 올 것이다. 삶은 그렇게 흘러간다.

오늘은 우산을 쓰지 않고
일부러 비를 맞습니다

톡 톡 톡
빗방울이 나에게 노크하며
하는 말

울고 싶으면
참지 말고 울어봐요

우는 걸 부끄러워하면 안 돼요

내가 요즘 울고싶어도
못 우는 것을
빗방울은 눈치챘나 보다

나는 갑자기 웃음이 나서
잔디밭으로 뛰어갔다
울음 대신 웃음이 나와
비를 맞고 노래를 불렀지

이해인, <비를 맞으며>

여름 장마가 시작되었다. 아무 생각 없이 비 오는 날 내리는 비를 그대로 맞으며 걷고 싶다는 생각이 문득 들었다. 바로 오늘이다 싶은 어느 날이었다. 그림책방에 다녀오는 길에 비를 맞으며 걷기로 했다. 젖은 몸으로 그림책방에 들어갈 수는 없을 것 같아 갈 때는 우산을 쓰고 걸었다. 돌아오는 길, 아까와 달리 짓궂게 내리는 비를 보며 잠시 고민했지만 하려 했던 거 그냥 한번 해보자는 생각에 비를 맞으며 걷기 시작했다. 바람까지 불어오자 신호대기 중에 서 있는 동안 몸이 움츠러들었다. 무모한 시도였던 걸까. 우산을 펼까 하다 때마침 바뀐 초록색 불빛을 보자 예전 드라마<그녀는 예뻤다>의 여주인공이 신호등 초록빛을 보며 '가시오~'라 부르던 장면이 떠올랐다. 나도 모르게 따라 말하고 있었다.

'망설이지 말고 가시오~'

오히려 어깨를 더 곧게 펴고 걷기 시작했다. 걸으면 걸을수록 점점 더 빗줄기가 굵어지더니 이내 장대비가 내리기 시작했다. 거세진 빗줄기 속에 한껏 내 몸을 맡겨보자 싶어 의연하게 걸어 나갔다. 내가 꼿꼿하게 걸을수록 비는 더욱더 세차게 흠뻑 젖은 내 몸에 철썩철썩 부딪혔다. 나아갈수록 빗물에 가려 눈앞이 보이지 않았다. 양손으로 두 눈 주변을 훑어내면서까지 걷다 보니 갑자기 웃음이 터져 나온다. '나 지금 왜 이러고 있는 거지? 누가 시킨 것도 아닌데, 자진해서 고행이라니…. 그런데 나 왜 즐겁지? 나조차 쉽사리 이해되지 않는 모습에 그저 웃음이 나왔다. 한 손에 들려있는 멀쩡한 우산마저 거추장스러워 어딘가로 던져버리고 싶어졌다.

'굳이 이런 비를 왜 맞는 건가요?' '누군가 묻는다면 '글쎄요. 잘 모르겠네요. 도대체 왜 갑자기 비를 맞고 싶었는지 말이에요. 그런데 지금, 이 순간, 이 굵다란 빗줄기가 제 몸을 탁탁 치면서 적셔주니까 묘한 쾌감을 느껴요!'라고 답하고 싶었다. 꽉 막히고 답답했던 내 마음이 뻥 뚫린 것처럼 시원해지면서 해방감이 느껴졌다. 지금 나에게는 갑갑하고 막연한 감정의 해소가 절실히 필요했다.

발견, 우연한 행운

내가 코칭을 만난 건 우연이었다. 상담심리학을 공부하고 있던 나는 학교 홈페이지 게시판에서 무료 코칭 대상자를 모집한다는 글을 보았다. 늘 그래왔듯이 출발은 호기심이었다. '코칭이 뭘까?' 그렇게 10회기의 코칭을 받게 되었고, 이때 나는 살면서 흔치 않은 울림 있는 경험을 하게 되었다.

나의 코칭 이슈는 '누군가와 1:1로 있을 때 편안하게 대화하고 싶어요'였다. 평소 나는 그룹 내에서는 말도 곧잘 하고 자연스럽게 잘 어울린다. 하지만 누군가와 1:1로 있게 될 때는 상황이 조금 달라진다. 나는 말하기보다는 주로 듣는 걸 좋아하고 편안해한다. 상대가 주도적으로 대화를 이끄는 상황은 괜찮다. 하지만 상대 역시 말이 없는 1:1 상황에 놓이면 나는 어떠한 말을 해서라도 대화를 이끌어가야 할 것 같은 엄청난 압박감을 느낀다. 이런 내용으로 코칭을 받았고, 나는 '면대면 상황에서 무조건 대화가 이루어져야 한다.'라는 경직된 사고를 하고 있음을 알게 되었다. 만약 상대 역시 나처럼 말하기보다는 듣는 걸 선호하는 사람이라면, 굳이 억지로 대화를 이어가기보다는 서로 침묵의 시간을 편안하게 받아들이면 되었다.

구체적이고 세부적인 대화 방법을 강구할 필요가 없었다. 생각의 각도를 조금 달리하니 이렇게 간단하게 접근할 수 있었는데, 한 번도 그런 시도를 해 본 적이 없다는 게 의아했다. 코치는 나의 이야기를 들어주고, 나에게 그저 물어봐 주었을 뿐이었다. 나는 던져진 질문에 대하여 생각해 보았고, 결국 내 안에서 답을 찾았다. 어떠한 질문으로 스스로 갇혀있던 생각의 틀 안에서 벗어나 한 발자국 떨어져 다른 관점에서 문제를 바라보게 했다. 그런 코칭이 너무 매력적으로 다가왔고 나도 코칭이란걸 배워 보고 싶어졌다.

때마침 우연히 구청에서 진행하는 교육프로그램을 알게 되어 과정을 이수했다. 함께한 동기들과 뜻이 잘 맞아 서로 도와가며 한국코치협회 코치 자격증도 취득하였다.

그즈음 나는 여러 가지 상황과 맞물려 퇴사하였다.

퇴사 후 아이를 돌보는 데 집중하기로 했지만, 한편으로는 나의 진로에 대한 고민도 내려놓을 수는 없었다. 나에게 양육의 목표는 아이들이 자립해서 살아갈 수 있도록 도와주는 것이다. 아이는 스무 살이면 내 품을 떠날 것이다. 그렇다면 나의 진로도 지금부터 서서히 준비해야 하는 건 아닐까? 불안한 마음이 나를 조급하게 했다. 조급함은 순식간에 나를 여유 없는 사람으로 만들어버렸다. 나는 의식적으로 틈을 자꾸 만들어 속도를 늦추었다. 꾸준하다면 천천히 가도 된다고 나를 다독이며 무엇이든 하나씩 단계를 밟아가기로 했다. 나는 내가 하고자 하는 일에 의미가 있기를 바랐다. 코칭이라면 누군가에게 선한 영향력을 끼치면서 성취감을 느낄 수 있겠다고 생각했다.

퇴사 이듬해, 나는 코칭 심리학 전공으로 대학원에 입학했다. 공부다운 공부를 해본 적이 없었던 터라 제대로 공부라는 걸 해보고 싶은 마음이었다. 더는 망설이고 싶지 않았다. 돈을 벌어야 할 시기에 벌기는커녕 쓰는 게 맞는지 의문이 들 때마다 지출이 아닌 투자라고 생각하기로 했다. 이 투자수익은 나 하기 나름이니 비교적 안전자산이라 위안 삼으며 말이다.

새 학기가 시작되고 한 달여 지난 3월의 마지막 주말, 코칭 심리학 수업 발표 준비하고 있었다. 교재를

3번 정도 훑어보고 우선 PPT 파일을 작성했다. 반복해서 봤으니 파일은 2시간 정도면 충분히 완성할 수 있을 줄 알았다. 하지만 텍스트로 열거된 내용을 발표할 내용으로 정리하는 건 쉽지 않은 일이었다. 내 머릿속에 집어넣긴 했지만 정리되지 않은 내용들이 뭉게구름처럼 둥둥 떠 있을 뿐이었다. 진도가 전혀 나가지 않았다. 사는 동안 내내 그렇게 머릿속에 자동으로 넣기만 하는 공부를 했다. 넣어준 내용을 곱씹어 꺼내 보는 공부를 해본 적이 없었다. 전형적인 주입식 교육의 부작용이었다.

'내가 그동안 이렇게 알고 있다는 착각 속에서 공부를 해왔구나'

머릿속에 들어간 정보들을 하나하나 정리해 꺼내다 보니 어느새 하루가 훌쩍 지나 저녁이 어슴푸레 다가오고 있었다. 하루라는 시간이 이렇게나 짧았나 싶었다. 그렇게 토요일이 지나고 일요일이 되었다. 여전히 나는 정리 중이었고, 일요일 오후가 되어서야 마무리되었다. 발표 파일만 꼬박 이틀을 꽉 채워 작성했다. 내가 이렇게까지 능력이 없었나라는 자괴감이 들기도 했다. 하지만 이내 그런 순간조차 나에게 친절해지기로 했다. 그래도 포기하지 않고, 충분히 소화해서 내 것으로 만들어 발표하기 위해 끝까지 노력했으니 만족스러웠다. 이틀 동안 내리 공부하고 준비하면서 지치지도 않고 심지어 지겨운 줄도 모르고 했다. 나도 모르게 몰입해서 그 시간을 온전히 즐겼다는 사실을 깨닫고 나니, 코칭 공부를 재미있게 할 것 같다는 기대감이 생기기도 했다.

다음은 완성한 파일로 발표 시연을 반복했다. 내게는 발표도 익숙하지 않다. 이번 발표의 목표는 목소리의 떨림 없이 준비한 내용을 빠트리지 않고 정확하게 전달하는 것이다. 셀프코칭을 시도했다. 그리고 드디어 월요일 수업시간, 발표를 시작했다. 모니터와 동기들을 번갈아 바라보며 호흡을 가다듬었다. 중간중간 긴장감이 올라오면 나의 이야기에 웃어주고 고개를 끄덕여주는 동기 L양을 바라보며 말했다. 마침내 준비했던 모든 내용을 빠뜨리지 않고 심지어 떨리는 목소리 없이 발표를 마칠 수 있었다. 나의 고질병 염소 울음소리도 나타나지 않았다. 이 작은 성취 경험이 나의 자기효능감을 쑥 끌어 올려주었다. 차분하게 발표하고 싶은 간절함이라는 내적동기를 발견하고 그에 맞는 목표가 세워졌으니 행동 변화가 일어난 것이다. 코칭의 효과이다. 나의 코칭 경험을 조만간 누군가와 공유할 그 모습을 구체적으로 상상하니 지금의 뿌듯함과 기쁨이 배가 된다.

퇴사 후 나는 내 현실을 직시하게 되었다. 조직의 보호막 안에서 나는 자의식 과잉이었다. 조직을 벗어나 바깥으로 나와보니 세상에는 나 혼자서 해내야만 하는 일이 너무나 많았고, 나를 알아봐 주는 사람은 하나 없었으며, 반면에 유능한 사람은 너무나 많았다. 물론 알고는 있었다. 하지만 생각했던 것보다 훨씬 더 나는 온실 속 화초처럼 유약하게, 우물 안 개구리처럼 좁게 살아왔다. 나는 현재의 나의 위치를 받아들이고 그 자리에서 겸손하게 다시 나아가기로 했다. 내가 선택한 길이다. 그 과정을 즐기며 가면 된다.

모든 사람은 창조적이고, 자신의 문제를 해결할 수 있는 자원을 갖고 있으며, 전인적인 존재이다.
Every client is creative, resourceful and whole.
<국제코치연맹(ICF)의 코칭 철학>

누군가를 그대로 바라봐주고 믿어주는 것. 우리는 모두 누군가 자신을 온전히 믿어준다면, 위로와 위안을 받고 자기 삶을 살아 나갈 힘을 얻게 된다. 그리고 그 누군가는 자기 자신이 우선이어야 한다.

인생에 가장 큰 변화의 시기를 지나는 길목에서, 코칭이 내 삶으로 들어왔다. 그건 우연한 행운이었다.

재정의, 믿음

그룹 코칭 수업 시간. 인생 그래프를 그려보았다. 인생 그래프를 그려보니 좋은 날이었던 상승 지점도 있고, 힘든 날이었던 하강 지점도 있다. 그 모든 지점을 연결하고 보니 결국 인생은 곡선이다. 누구나 저마다의 시기가 다르게 찾아왔다. 이런 보편적 진실을 그래프로 알 수 있다며 서로의 인생을 위로하고 공감했다. 지켜보던 K 교수는 인생 그래프를 보며 과거와 현재에 머물러 있는 우리의 대화가 흐름에서 벗어나 미래를 이야기할 수 있도록 끌어냈다.

'그렇다면 나는 앞으로 어떻게 살고 싶은가?'
'그게 내 가치관이 될 수 있습니다. 조금 더 구체화해봅시다.'

'그렇다면 나는 1년 안에 어떻게 되고 싶은가?'
'그렇다면 나는 1년 안에 무엇을 하고 싶은가?'
'그렇다면 나는 1달 안에 무엇을 할 것인가?'
'그렇다면 나는 1주일 안에 무엇을 할 것인가? '
'그렇다면 나는 오늘 무엇을 할 것인가?'

K 교수의 질문에 대해 곰곰이 생각해 보았다. 자연스레 요즘 자주 떠오르는 생각들이 다시금 수면 위로 올라왔다. 나는 1년 안에 이런 내가 되고 싶다고 했다.

"나를 믿고 나아가는 한편 삶의 불확실성을 받아들이고, 우리는 모두 어쩔 수 없이 불안을 어느 정도는 안고 살아간다는 걸 받아들이는 내가 되고 싶습니다."

나의 삶의 변화, 새로운 시도, 도전, 실패에 따라오는 불안감을 다스리는 자기 조절력을 키웠으면 좋겠다는 바람이었다. 하지만 K 교수는 생각지도 못한 질문을 했다.

"왜 불확실성을 받아들여야 하죠?"

내 답변에 대한 K 교수의 뜻밖의 질문에 나는 순간 아무 생각도 나지 않았다. 갑자기 혼란스러웠다. 함께 수업에 참여한 이들의 표정을 살펴보았다. 모두 어떤 답변을 딱히 꺼내기 어려운지 순간 정적감이 흘렀다. 다시금 생각을 정리한 후 나는 이렇게 말했다.

"내가 판단했을 때 결과가 불확실하다고 생각되었던 것들에 대해서는 지레 포기해 버리곤 했는데, 이제는 불확실하더라도 그래서 불안하더라도 끝까지 해내는 힘을 키우고 싶어서 불확실성에 대하여 받아들이고 싶습니다."

K 교수는 또다시 생각지도 못한 질문을 했다.

"아까 자신의 인생 그래프를 이야기하면서 지난 힘든 시기를 극복할 수 있었던 건 나를 믿었기 때문이라 하셨어요. 나를 믿는다면, 확실하다는 믿음 역시 자연스레 따라오는 것 아닌가요?"

나는 나를 믿는다고 생각했다. 하지만 불확실하다고 느껴져 불안하다면 그건 진정한 믿음이 아닐 수도 있다는 것인가? 믿는다는 것, 확실하다는 것, 불안하지 않다는 것, 이 모든 것들이 하나의 맥락으로 연결된다는 건가? 내가 이제껏 전혀 생각해 보지 않은 연결 부분이었다. 도대체 나를 믿는다는 건 과연 무엇일까?

'나는 앞으로 어떻게 살고 싶은가?'에 대한 답을 찾아가기 위해 나는 '나를 믿는다는 것은?'에 대한 답을 찾는 것부터 시작해야 했다.

우선, 현재 생각의 흐름을 되짚어보는 것부터 시작했다. 나는 나를 믿는다고 생각하며 살아왔다. 그리고 살아보니 내가 선택한 것들에 관한 결과는 어떻게 될지 알 수 없었다. 나의 선택과 행동에 따라 결과가 좋기도, 때로는 안 좋기도 했다. 그렇게 지나온 경험을 바탕으로, 이제는 알 수 없는 결과에 따르는 불확실성을 받아들이는 데 있어 무조건 포기하지 말고 끝까지 해보는 태도를 지니고 싶은 마음이었다.

그렇다면 나를 믿는다는 게 과연 무엇일까? 나는 재정의가 필요해졌다. 지금까지 나는 내가 무언가를 할 수 있다고 생각하는 것, 그게 바로 나를 믿는 것이었다. 내가 할 수 있는 것과 좋은 결과는 별개라고 생각했다. 하지만 누군가는 내가 할 수 있다면 좋은 결과는 뒤따라온다, 이것이 나를 믿는 것이라고 말한다. 사람마다 믿음의 정의가 다른 걸까? 당연하다고 생각했던 개념이 흔들렸다. 검색도 해보고 책도 찾아보고 또 다른 이들의 생각도 들어보기로 했다. 내가 나를 믿는다는 정의를 너무 좁게 해석한 것일까? 나를 믿는다는 의미에는 내가 무언가를 할 수 있다는 마음도 포함되지만, 내가 하려는 그 어떤 일이 반드시 그렇게 된다는 마음도 포함해야 하는 것일까? 그렇게 되면 불확실성에 대한 불안감이 해소될까? 내가 정말 원하는지? 내가 정말 좋아하는지? 이러한 확실함이 없으면 나를 믿지 못하는 걸까? 다른 사람들은 어떻게 생각하며 살고 있을까?

집에 돌아오자마자 나는 컴퓨터를 켜고 네이버에 '믿다' 라는 키워드를 검색하였다.

* 믿다: 어떤 사실이나 말을 꼭 그렇게 될 것이라고 생각하거나 그렇다고 여기다.
* 믿음: 어떤 사실이나 사람을 믿는 마음
* 자신(自信): 어떤 일을 해낼 수 있다거나 어떤 일이 꼭 그렇게 되리라는 데 대하여 스스로 굳게 믿음
* 자기효능감: 자신이 어떤 일을 성공적으로 수행할 수 있는 능력이 있다고 믿는 기대와 신념

그 외에도 믿음에 관한 접근에 따라 수많은 정의가 있었다. 인식론적 접근, 과학적 접근, 심리학적 접근, 종교적 접근. 다양하게 접근한 믿음에 관하여 살펴보

다가 나는 내가 '믿다'를 자기효능감과 비슷한 의미로 받아들여 사용하고 있다는 걸 알았다. 내가 무언가를 할 수 있다는 마음이 나를 믿는 것이라 생각했고, 그 결과에 대한 확신은 별개라고 생각했다. K 교수의 질문은 나에게는 당연하다고 생각했던 것이 당연하지 않음을 알게 하고 그것에 대해 돌아 볼 수 있는 계기가 되었다.

나만의 재정의, 나에게 '믿다'란 무엇인가요?
* 믿다: 보이지 않는 무언가에 대하여 그렇게 되리라 생각하고 할 수 있다고 여기는 마음

'믿다'에 대한 혼란스러웠던 생각들을 정리해가는 과정을 써보았다. 그리고 비로소 조금씩 생각의 윤곽이 그려져 갔다. 이 과정이 낯설다. 내게 낯선 일들이 익숙해져 가는 데에는 시간이 필요하다. 이 또한 나를 알아가는 과정이라고 생각한다. 나는 그 시간을 불안해하지 않고 충분히 기다리기로 했다. 지나온 인생의 힘든 시기를 잘 이겨낸 나만의 자원이 '믿음'이었던 것처럼 이번에도 나는 나를 믿는다.

어떤 선택, 글쓰기

자, 선택의 갈림길에 서보자. 우리 앞에 두 갈래 길이 있다. 어느 길로 가든 상관없다. 양쪽 모두 가는 길에 '좋은 것들'이 있다. 이렇게 생각하면 잃는 것이 없다. 그런데 무엇이 좋은 것들일까? 새로운 방식으로 인생을 경험하고, 배우고, 성장하고, 자신이 어떤 사람이 되고 싶은지 알고, 살면서 무슨 일을 하고 싶은지 아는 기회를 만나는 것, 이것들이 모두 좋은 것들이다. 어느 길로 가든 기회를 만날 수 있다.

수전 제퍼스, <자신감 수업>

그저 어렵게만 느껴지는 글쓰기, 아직 마치지 못한 인생의 숙제 같은 느낌이라 나에게는 마냥 부담스러웠다. 하지만 나는 또 덜컥 글쓰기 수업을 신청했다.

어쩌면 글이 쓰고 싶었는지도 모르겠다. 쓰고 싶은 마음과 쓸 수 있을까 두려운 마음 사이에서 내내 고민하고 매번 좀 더 준비가 되면 시작하겠다는 다짐만 하고 있었다. 글을 쓰고 싶은 이유가 뭐였을까 가만히 생각해 본다. 내 감정을 뭉뚱그려 한 단어로 압축해버리는 것이 아니라 자연스럽게 풀어내고 싶었다. 평소 내가 표현하고 싶은 감정을 정확히 표현하지 못해 무언가 찜찜함이 남고는 했다. 근래 자기감정을 담백하게 술술 내어놓는 사람을 만났다. 그 사람에게 반했다. 그 사람의 감정 표현이 그 누구보다 사랑스러워 보였고, 부러웠고, 나는 차마 그럴 수 없음에 질투가 났다. 그래서 용기 내어 보기로 했다. 그 마음이 글쓰기 수업을 신청하게 했고, 글을 쓰게 했다. 그것만으로도 충분했다.

선택이 준 또 다른 기회, 글을 쓴다는 건 더 많은 것들을 내게 가져다주었다.

첫째, 나와 감정을 분리할 수 있다.
누군가에게 토로하듯 나의 감정을 속으로 말하며 글을 쓰다 보면, 그 시간에 온전히 나에게 집중하면서 어느 순간 나와 감정을 분리하게 된다. 아, 내가 지금 이런 마음이 드는구나. 내가 이런 생각을 하는

구나. 지나고 나면 사라질 감정들이라며 치부해버린 적도 많았다. 하지만 지금 여기에서의 나의 감정을 놓치지 않고 알아주는 것은 무엇보다 소중하고 중요한 시간이었다. 그렇게 글을 써 내려가면서 나의 감정을 알아주고, 다독거려주고, 품어주다 보니 어느새 내 마음은 정화되고 있었다.

둘째, 생각과 생각의 연결지점을 잇는다.

나는 머릿속에서 전체적인 그림이 그려져야 작업이 시작되는 사람이었다. 파편화된 무수한 생각들이 수시로 튀어 오르지만, 순간적이어서 정리하거나 종합해서 표현해야 할 때마다 나는 한계를 느끼고는 했다. 조각들을 이어 붙이는 데 힘이 들어가니 매번 그 단계에서 멈추고 말았다. 하지만 글을 쓰면서 한 단계 더 나아갈 수 있었다. 하나의 글감으로 글을 쓰다 보면 그 글감을 중심으로 서로 떨어져 있던 생각들이 하나로 모이고, 모인 생각들을 정리한다. 정리한 생각은 문장에 담아 표현한다. 쉽게 읽힐 수 있도록 일목요연하게 정리될 때까지 다듬은 생각의 끝이 글로 써지는 것이다. 이렇게 쓰다 보면 떠올랐지만 연결되지 않은 생각들은 또 하나의 글감이 되어 또 다른 글을 쓰게 한다. 계속해서 연결된다.

셋째, 기록하는 것만이 남겨진다.

단기기억이라면 누구보다 자신 있지만, 장기기억 앞에서는 맥을 못 추었다. 어린 시절부터 습관화해버린 벼락치기 공부법의 폐해일지도 모르겠다. 많은 양의 정보를 한꺼번에 일시적으로 담았다가 시험이 끝나고 나면 일제히 삭제해버리는 습관. 때로는 부족한 내 장기기억력이 어쩌면 축복일지도 모른다고 생각했다. 아픈 기억들이 어느새 사라지니 회복하는 속도가 빨랐다. 하지만 하나를 얻으면 하나를 잃는 법이다. 오래도록 추억하고 싶은 순간이 사라지는 건 재앙이었다. 그래서 기록이라는 걸 시도했다. 꼭 남기고 싶은 소중한 사람들과의 만남부터 써보기로 했다. 첫 시도는 오랜만에 만난 초등학교 친구들과의 만남 후기였다. 그리고 쓴 글을 친구들과 공유했다. 뜻밖에 친구들의 반응은 너무 좋았다.

'우리 반짝반짝 빛난다니…. 울컥한다.'
'송이 작가가 되었네'

친구들의 말에 괜스레 으쓱해진다. 다음번 모임 후에는 한 친구가 넌지시 묻는다.

'글 언제 올라오나요?'

의외의 관심에 나는 꽤 기분이 좋다. 카톡방에 올

린 글을 이 자리를 빌려 공개해볼까 한다.

「이 글은 10년 뒤 그녀들을 만났을 때, '우리 그때 그랬잖아'라며 같이 공감할 수 있기 위한 저의 처절한 몸부림입니다. 오늘 만난 그녀들은 나와 어린 시절부터 오래 함께한 친구들이다. 한 동네에서 뿌리내리고 자랐지만, 세월 따라 바람 따라 흩어져 지금은 각 지역에서 살고 있다. 다들 바쁜 일상을 살고 있어 일 년에 한 번 다 같이 얼굴 보기 힘듦에도 꿋꿋이 시간을 내어 만났다. 어찌하다 보니 홍대에서…. 비가 종일 주룩주룩 내리던 4월의 어느 토요일에…. (중략)

H양은 조곤조곤 질문을 해온다. 답을 해주고 있으려니, 중간중간 하고 싶은 말이 계속 있나 보다. 내 답은 문장까지 만들어지지 못하고 단어로 그녀에게 전달되고 있었다. 적응이 안 되었다. 살며시 그녀에게 이야기한다.

"H야 중간에 네가 자꾸 다른 이야기를 하니까 내 이야기를 끝까지 할 수가 없어"

씩 웃더니 집에만 있는 전업주부들의 특징이란다. 대화할 상대가 필요한 그녀들의 화법이란다. 생각해 보니 그럴 것도 같다. 전업주부들을 만나면 더 많은 이야기를 가만히 들어주어야겠다는 참견쟁이 같은 생각을 이제 전업주부가 돼버린 내가 하고 있다니 어이가 없는 것 같아 혼자 실소를 지었다.

거의 다 먹어갈 즈음, 언제나 마지막을 담당하는 E양이 도착했다. 늦었지만 대신 철저하게 메뉴를 공부해왔다. 당당하게 미도 덮밥을 주문한다. 요새 소송으로 골머리를 썩고 있다는 E양은 살이 너무 빠져서 우리 마음을 안타깝게 했다. 그런데도 자기 몫의 음식과 남아있던 음식을 싹싹 다 먹어주었다. 잘 먹는 모습을 보니 그래도 조금 마음이 놓인다. 이렇게 천천히, 남김없이, 깨끗하게 음식처리반을 담당한 것도 언제나 E양이었다. 그녀의 한결같음은 정말 대단하다.

J양은 7개월 전 한 남자를 만나 결혼하려 했으나 얼마 전에 위기가 있었다고 했다. J양은 그 남자에게 진심인 것 같았다. 한 달간 시간을 갖자고 했던 그 남자의 말이 본인에게 충격이고 무척이나 힘든 시간이었다고 고백하는 J양이 나는 왜 아름다워 보였을까. 무언가에 진심이면 뭐든 다 아름답다.

돌아가는 길에 스티커사진도 찍어본다. 예쁜 모습을 남기고 싶은 욕구가 끓어오른다. 색색의 리본, 방울, 인형, 꽃 다 동원해본다. 위치 선정에도 신경 써

본다. '이것들 알 게 뭐야, 나만 이쁘면 돼' 거침없이 표현해본다. 그게 밉지 않아서 좋다. 이뻐 보이겠다고 아옹다옹하는 그 안에 시기 질투가 없어 나는 너무 흐뭇하다. 그래. 우리끼리 이 안에서 나만 잘났다고 맘껏 삐 대보자~후후.

마흔인데, 아직도 인생을 우왕좌왕 허덕이며 살고 있는 게 오히려 팔딱이는 물고기들 같아 좋다. 이제 나이 듦을 하나씩 느낀다고는 하지만 나는 분명 우리의 팔딱임이 느껴진다. 마지막 스티커사진에 진심이던 너희들 그리고 나. 우리는 아직도 여전히 예쁘고만 싶은 여자임이 분명했다. 우리 넷 반짝반짝 빛나~ 오랜만에 반가웠어! 」

쓰면 써진다. 그리고 나는 행복해졌다!!

마치며

글쓰기에 관한 우리의 생각, 그리고

노은심

가슴에 응어리져있던
누구에게도 쉽게 털어내지 못했던
힘든 이야기를 글로 써 내려갔다.
금새 눈물이 고였고, 울음이 터져 나왔다.
눈물이 그치니 응어리져있던 마음도 해소되었다.
글쓰기란 이런 것일까?
무모한 도전이었던 글쓰기가 나에게 위로가 되고
삶의 지표를 만들어주었듯.
아이를 키우며 내 시간이 없어진 엄마들에게 내 글
이 조금이나마 도움이 되고 위로가 되었으면 좋겠다.

김현정

내가 나를 변화시킬 기회는 언제나 열려있다. 마음은 늘 내게 기회를 속삭이지만 귀찮음과 부족한 용기로 모른체할 뿐이다. 오늘 하루 스쳐 지나가는 나의 기회들은 얼마나 많을까?

나에게 기적이 일어난다면 그건 나의 마음을 따라 용기를 낸 것이다. 내가 낸 작은 용기가 그림책방과 나를 연결해 주었고, 오래된 이메일에 닿게 해 주었다. 그렇게 나는 글쓰기를 시작했다. 글을 쓴다는 것은 내 삶의 큰 변화이다. 한 번쯤은 꼭 해보고 싶었던 일을 하게 되었고, 글을 꾸준히 잘 쓰기 위해 노력하는 지금이 있다. 나는 글을 쓰며 나에 대해 좀 더 알아가고, 즐거움을 느끼고 있다. 그리고 그 즐거움을 많은 사람과 함께하길 바라는 마음으로 글을 적어나간다. 나의 작은 용기 하나에 글쓰기가 더해지고 행복이 더해진다면 얼마나 멋진 일인가. 모두 멋진 삶을 살았으면 좋겠다.

김누리

　나는 하루 24시간이 너무 짧다고 투덜대곤 하였다. 육아와 회사일 그리고 집안일까지 모든 것을 끝내고 온전한 내 시간을 가지기엔 부족하다고 생각했기 때문이다. 이렇게 열심히 살고 있는데 나만을 위한 시간이 없다는 생각에 씁쓸해 하곤 했다. 하지만 글쓰기를 시작하고 알게 된 것이 있다. 많은 시간은 아니지만 나에게 온전히 집중하는 하루의 10분, 이 시간 덕에 나는 더 이상 하루가 짧다고 말하지 않는다. 작정하고 만들어 낸 10분은 나를 또 다른 세상 속으로 데리고 들어왔다. 이 10분을 통해 난 오늘의 주인공이 되었다. 아이나 남편이나 회사나 일이 아닌 "김누리"나로 돌아와 하루를 마무리하고 온전히 내 생각에 집중할 수 있게 되었다. 나의 하루, 나의 한 달, 나의 일 년을 안타까워하고 안쓰럽게 느껴진다면 지금 당장 그 무엇보다 나를 위한 시간 10분을 내어보길 바란다. 컴퓨터에 한글파일을 열고 지금의 기분과 감정을 써 내려가 가길 바란다. 그러다 보면 내가 보일 것이고 생각이 정리되고 그것이 나를 다독이고 나를 위로할 것이다. 누구에게나 나를 돌아보는 하루의 10분은 누구에게나 필요하다. 10분의 용기를 반드시 내어 스스로를 위로하고 다독이는 당신이 되길 바란다.

김희정

얼떨결에 글을 썼다. 그리고 작가가 되었다. 이제는 책도 출판한단다. 작은 결과 하나가 많은 일을 가능하게 해 준다. 꿈을 꾸게 해주는 원동력 앞으로 나아갈 수 있는 힘. 내가 더 단단해질 수 있는 용기.

일하고 육아하는 동안 지친 나날들을 활자로 적어내자 신기한 일이 생겼다. 마음속에 깊게 쌓여 있던 응어리가 흐물흐물 풀어지는 것 같다. 누구나 겪을 수 있는 일들인데 글로 적어서 보여줌으로써 누군가에게는 공감을 누군가에게는 위로를 나에게는 용기를 받을 수 있는 신기한 경험에 난 아직도 실감이 나지 않는다.

고생 많았어요. 힐링 받았어요. 진짜 많이 공감했어요. 이런 말들이 현재의 나를 일어설 수 있게 해주는 것 같다. 예전 같았으면 바사삭 부서졌을 멘탈이 지금은 뭐 어때? 라는 마음으로 대수롭지 않게 넘길 수 있다. 그 또한 글을 쓰고 누군가가 읽어주며 생긴 시너지가 아닐까 한다. 나는 이제 작가다. 더 많은 힘을 주고 더 많은 힘을 받는 글을 계속 쓰고 싶다.

문현주

디자이너가 왜 글을 써야 했을까? 20년 넘게 디자이너로 경력을 쌓아왔다. 경력 일부에는 글쓰기도 있다. 기획서, 광고카피, 회사소개서, 카탈로그, 카드 뉴스 원고 등 다양하게도 썼다. 디자인 전공자가 글을 쓰면 얼마나 잘 썼을까. 회사에서 하라고 하니 썼을 뿐이었다. 무엇보다 제일 좋은 점은 내 마음껏 콘텐츠를 제작할 수 있다는 것이다. 만들고 싶은 모든 내용을 카드 뉴스로 제작할 수 있다. 우리만의 콘텐츠. 즉, 글을 썼기 때문에 나만의 브랜드 콘텐츠를 정립시킬 수 있었다. 직접 쓴 원고로 디자인하는 것이 그렇게 좋을 수 없다. 내가 정해놓은 목표에 닿기까지는 아직 멀었지만 기대된다. 쓸 수 있는데 무엇인들 못 할까. 그동안의 경험과 과정도 하나하나 써보려 한다. 같은 길을 가려는 누군가에게 도움이 되길 바라며.

정희정

 글을 본격적으로 쓰기 시작한 지 어느덧 9년이 되어간다.

 책을 싫어했던 내가 책방을 차리고 글쓰기를 가르치고 책을 만들어내고 있다. 하루하루가 긴장과 설렘의 그 중간 어디쯤에서 나는 매일 고군분투하고 있다. 우물 안 개구리의 세계를 박차고 뛰어나왔다. 무모함이었을까. 용기였을까. 나는 아직도 잘 모르겠다. 분명한 건 내면의 소리에 귀를 기울이고 실제 행동에 옮겼다는 것이다. 누군가에게 나의 길이 희망이 되고 등불이 되길 바란다. 누군가에게 나의 인생이 설렘이 되고 도전이 되길 바란다. 누군가에게 나의 글의 기쁨이 되고 위안이 되길 바란다. 이제 당신 차례다. 당신이 지나온 길을 이대로 묻혀버리긴 너무 아깝다. 진실함과 간절함이 있다면 누구나 글을 쓰고 책을 쓸 수 있다. 내가 그랬듯이.

송나영

　영화 <인사이드아웃 2> 끝나갈 즈음의 장면이다. 주인공 라일리가 비로소 모든 감정들을 온전히 받아들이게 되었다. 어느 하나 버릴 것 없는 필요하고 소중한 감정이라는 걸 알게 된 것이다. 나도 모르게 마음이 뭉클해진다. 살며시 뺨으로 흐르는 눈물을 훔치며 함께 보던 11살 둘째 아이는 어떤 마음으로 그 장면을 보고 있을까 싶어 옆을 살짝 돌아보았다. 그저 해맑게 재미 섞인 표정으로 스크린을 응시하고 있다. 역시 같은 마음일 수는 없구나 하려는 찰나 아이 옆에 앉은 나처럼 자녀와 함께 영화를 보러 온 여자가 내 시선에 들어왔다. 그녀 역시 눈물을 닦아내고 있었다.

　하나의 이야기가 마음을 움직일 때가 있다. 누군가는 무심코 지나치는 이야기가 또 다른 그 누군가에게는 마음을 말랑하게 만들어 위로와 응원이 되는 순간들이 있다. 우리가 이야기를 좋아하는 이유다. 부끄럽지만 용기를 내 글로 풀어낸 나의 이야기가 그 누군가의 마음에 닿는다면 더 없이 바랄 게 없을 것 같다. 처음이라는 핑계로 나는 서툰 나의 글을 뻔뻔하게 자랑스러워하기로 했다.

쓰지 않으면 인생은 바뀌지 않는다